漢魏六朝賦摘艷譜説

〔清〕戴綸喆　著
孫福軒
陳何熙嫻　校注
儲瀟

國家社科基金『民國時期辭賦批評研究』（項目編號：18BZW113）階段性成果
浙大城市學院第二批一流學科、杭州市一流學科『新聞傳播學』資助出版

浙江古籍出版社

圖書在版編目(CIP)數據

漢魏六朝賦摘艷譜説 /（清）戴綸喆著；孫福軒，陳何熙嫻，儲瀟校注. —杭州：浙江古籍出版社，2020.4（2023.6 重印）

ISBN 978-7-5540-1736-4

Ⅰ.①漢… Ⅱ.①戴…②孫…③陳…④儲… Ⅲ.①漢賦一詩歌評論②賦一詩歌評論一中國一魏晋南北朝時代 Ⅳ.①I207.224

中國版本圖書館 CIP 數據核字(2020)第 051021 號

漢魏六朝賦摘艷譜説

〔清〕戴綸喆 著　孫福軒　陳何熙嫻　儲　瀟 校注

出版發行　浙江古籍出版社
　　　　　（杭州市體育場路 347 號　郵編：310006）
網　　址　www.zjguji.com
　　　　　zjgjcbs.tmall.com（天貓旗艦店）
責任編輯　沈宗宇
責任校對　吴穎胤
封面設計　吴思璐
責任印務　樓浩凱
照　　排　浙江時代出版服務有限公司
印　　刷　浙江海虹彩色印務有限公司
開　　本　787mm×1092mm　1/32
印　　張　9.5
字　　數　160 千
版　　次　2020 年 4 月第 1 版
印　　次　2023 年 6 月第 2 次印刷
書　　號　ISBN 978-7-5540-1736-4
定　　價　60.00 圓

前言

清代是中國古代賦學發展史上最爲繁盛的時期，出現了大量的辭賦總集、選本和辭賦名家，尤其是賦論著作的大量湧現，表明著賦學批評意識的自覺自立。而這其中，尤以乾嘉時期最爲突出，出現了李調元的《賦話》、浦銑的《復小齋賦話》、林聯桂的《見星廬賦話》等十數部賦論專書。然而隨著咸同以來政治形勢的衰變和士子心態的疲茶，雖然一度出現了『同治中興』之局面，也湧現出以曾國藩、劉熙載爲代表的古體賦論家，但賦學總體而言已是江河日下，無論是辭賦創作還是理論批評都已頹勢日顯，再也没有出現過乾嘉時期那樣具有宏整系統性的賦學專著。據筆者查檢歷代書目，此期的賦學專著似僅有姜國伊的《尹人賦話》和戴綸喆的《漢魏六朝賦摘艷譜説》兩種。姜書雖然以『賦話』命名，但有名無實，僅有寥寥數則，主要是一些雜記瑣聞，殊無理論價值〔一〕。而戴綸喆的《漢魏六朝賦摘艷譜説》則遥承元代祝堯《古賦辨體》、近接清初湯稼堂《律賦衡裁》的選本批評形式，選論結合，成爲清末十分重要的一本賦學專書。然而由於戴氏聲名不彰，故其書流布亦不廣，致使後來研究清代賦學者多疏于其學（目前還未見論列者）。故試爲考述，並略及清末賦作與理論批評，以明戴氏賦論之於清代賦學乃至中國古代賦學的重要價值及其理論意義。

（一）戴綸喆與《漢魏六朝賦摘艷譜説》的編纂

戴綸喆，字吉雙，綦江（今屬四川）人。諸志多無記載，《益州書畫録》略云其爲『舉人，官邛州訓導』[二]。據賦集自序及賦後其侄戴世懷跋可知，戴綸喆少從吴松軒學賦，後受知于綦江令田子實。繼而南游黔，北游京，晚年返鄉，於光緒七年（一八八一）主講四川瀛山書院。所著書有多種，如《聽鸝山館駢文》《詩集》《詩話》《書記》《瑣言》《江漢歸船日記》《毾㲪雜記》等，稿藏於家，多未刊行，亦多無傳。唯《漢魏六朝賦摘艷譜説》《綦江續縣誌》《四川儒林文苑傳》等行於世。其中《綦江續縣誌》有民國年間刊本，《四川儒林文苑傳》有民國十一年（一九二二）刊本，國家圖書館等多有收藏。

《漢魏六朝賦摘艷譜説》爲光緒辛巳年（一八八一）秋瀛山書院刊本，是書共分四卷，書前有作者自序，書後有其侄戴世懷跋。正文分兩個部分：前三卷如題所言，取漢魏六朝賦句摘列爲譜，以『鍊第一字句』『鍊長句』『鍊之字句』『鍊以字句』『鍊者字句』『四字俱實句』『疊字句』『駢字句』等爲標目，條下綴以詳細解説，並援引歷代律賦名家名句爲佐證。共涉及漢魏六朝作家一百七十五人、賦作四百四十一篇、賦句一千五百餘聯。第二部分爲《餘説》一卷，分爲總論、辨體、審題、布局、措辭五項，闡釋相關的賦學理論和律賦作法。其編纂目的，據自序言爲書院教學諸生之用：『今年謬主瀛山講席，從者近七十人，天資多高敏者，時藝外課以古學，而賦尤加意焉，以其爲翰苑之所必需也。但諸生所爲，於字句未經細講，爰取前誦習賦授之讀，暇復取荀、屈以來古句之駢而雅者，摘列爲譜，附以己説，證以唐以後句法。又爲諸生以爲專事字句，益以《餘説》一卷，分總論、辨體、相題、布局、措辭五類。擇焉而不精，語焉而不詳，知難免也，亦聊就所知者以公之同學耳。』〔三〕其侄戴世懷跋亦以之和當世的幾部著名賦話對比，指出《漢魏六朝賦摘艷譜説》『取法於六朝』和『有利初學』的兩大特徵：『近張香濤先生《書目答問》所收亦不過李雨村《賦話》、王念豐《讀賦卮言》兩書。而王書敷陳大旨，非利初學；李書雖利初學，未臻明備，於六朝前亦過略，難云盡善也。吾叔主講瀛山，課讀之餘，摘録是編，分門别類，考證周詳，如行路然，一經指點，即無至迷途是誤。循循善誘之心，不良苦哉？』[四]《凡例》亦云：『《餘説》中如《讀賦卮言》所載賦之長短、作賦者之遲速以及獻賦試賦之所始等條，非初學所急，故未論及。』『是書爲訓徒計，非云著作。《餘説》所及，未盡當，亦未盡詳。』[五]衆所周知，清代的科舉試賦自清初的博學鴻辭科以來，一直延續到光緒三十一年（一九〇五）纔最終廢止，此後便進入了現代教育的轉换期，其教育理念、體制、教學内容和古代的經史教育有了明顯的不同。從辭賦創作的層面來看，雖然清末的律賦創作已經没有了康乾時期的光英朗鍊、渾灝壯浪，多呈現出斤斤於格律的生鮮冷艷風貌，以致許結先生在《中國辭賦發展史》中有『形勝旨微』之論。然而由於試賦的持續推行，光緒朝的辭賦創作尤其是律體賦創作熱度不減，且走上了一條唯求格律謹細、音韵和美、古峭生新的創造道路，格局和境界越來越逼仄。而戴綸喆的《漢魏六朝賦摘艷譜説》却由晚清上溯唐宋名家、漢魏六朝，在追求賦作格律文法的同時，崇尚漢魏六朝的樸茂雅健和唐賦的清麗典則，這既是對唐宋以來古律之争的調和，亦是對當時律賦創作『求法舍意』頹勢的自拯，其振衰救弊之用意是十分明顯的。

（二）字法與句法——清末律體賦學的建構

自唐代科舉試律賦以來，賦格、賦法之作肇興〔六〕。雖元代興復古體、明代易律賦以八股文對其發展産生了一定的衝擊，但由於清初自康熙帝以來的大力提倡，律體賦學到乾嘉時期已然呈現出勃發之態勢，構築起『以唐律是尚』的完整體系〔七〕。道咸以來，翰苑律體賦創作沿承乾嘉餘緒，追求古峭生新、音韵諧婉、格律謹細，更多地轉向對律賦作法的探討。審題、結構、層次、韵律、平仄、用典等〔八〕，成爲晚清賦學特别是光緒以來賦學的主要探討内容〔九〕。而戴綸喆《漢魏六朝賦摘艷譜説》適逢其會，以漢魏六朝賦篇摘句爲主，古爲今用，指歸是爲光緒年間的科考試賦服務。全書以『摘句』爲主要内容，探討的中心是律賦的『句法』，並以此勾連起律賦的辨體、審題、結構、起筆、用字、平仄、句法、設色、風格等各個層面，從而形成晚清最成體系的律體賦學。而鑒於諸家於律體賦學的審題、結構、用韵、平仄、辨體所論甚多（如詹杭倫《清代賦學研究》即詳細論述了律賦的聲律、辨體等内容），爲避重複，這裡僅就律體賦學最爲重要的起筆、用字、句法等方面言之。

（一）起筆

試體律賦最重『起筆』。唐代李程的《日五色賦》之所以爲後世賦家和論者津津樂道，很大程度上即緣於起筆『德動天鑒，祥開日華』的精彩。王芑孫《讀賦卮言》云：『賦最重發端。漢、魏、晋三朝，意思樸略，頗同軌轍。齊、梁間始有標新立異者。至唐而百變具興，無體不備。其試賦則義當分晰，語多賅舉，或虚起，或實起。其虚起者，不勝枚數。』〔一〇〕余丙照《賦學指南》云：『故著意首段，風簷要訣也。然起筆尤不可忽，須一矢飲羽，全力鍊此數句，如起講之擒題。』〔一一〕並以此概括出『直起』『陪起』『題前起』『對起』『翻起』『頌揚起』『暗籠』『明擒』『古體』等各種起法。林聯桂《見星廬賦話》也説起筆爲館閣賦勝技：『賦有如題直起，不必裝頭作冒，而古質樸重，屹如山立者，此法最爲館閣中制勝之技。』[一二] 其目的亦如侯心齋《律賦約言》所云：『（賦）貴鍊起手，如文章之有起講。先輩起講貴虛步，近科文便不嫌一直説盡矣。須用全力鍊此數句，使閲者一見刮目。』[一三] 由此可見起筆在辭賦創作中的重要性。戴綸喆也十分重視起筆，《摘艷》卷一論疊字句云：『此類句法須善用之，不然腐也。連疊八字，起筆最宜。』疊字富於表現力，似對又非對，如過於繁富，則會有纍贅之感，要用得恰到好處。又如對於李調元《賦話》中所認定的『雄峻起筆』（唐劉元濟《明堂賦》的『大哉乾元，紫微疏上帝之宫；邈矣坤輿，丹闕披聖人之字』四句）、王芑孫以爲『牛鬼之魁』的起筆（宋謝惠連《雪賦》之『歲將暮，時既昏，寒風積，愁雲繁』、唐杜牧之『六王畢，四海一，蜀山兀，阿房出』之連用四句），戴綸喆則認爲過於鬥險，究不可法。這一評價標準就緣於科舉試賦的需要，緣於『頌聖直起者，裔皇典重，尤屬應制所宜』（《見星廬賦話》語）的實際需要，也是咸同以來律賦創作追求『和美雅致』的風尚所致。一代賦風之大致，於此可以得見。

（二）用字

用字是律賦句法批評中最爲重要的因素，而諸多賦論家所言的句法也多和用字相關。李廌《師友談記》言秦觀論用字：『賦中用字，直須主客分明，當取一君二民之義。借如六字句中，兩字最緊，即須用四字爲客，兩字爲主。其爲客者，必須協順賓從，成就其主，使於句中焕然明白，不可使主客紛然也。』〔一四〕元代陳繹曾《文説》論賦也言及『虚實之分，單偶之别』。而論『用字之法』最爲詳盡的則是戴綸喆。雖然他並没有總結出條理清晰的賦學用字大全，但其著中散見於摘句之後的評語却涉及賦中用字的方方面面。如卷一『短句・鍊第一字句』言及皇甫松《大隱賦》『有酒劉伶，無妻牧犢』一聯時云：『賦中多有無、多少、新舊字對舉者，善用之，自不陳腐。』是對比出新義。同卷『鍊第三字句』云：『此類首二聯句中上品，虚字鍊得好，較實字爲有味也。』是探討句法的虚實關係。同卷援引清人程祥棟《秋柳賦》『遠水微碧，斜陽不紅』聯，云：『上句從白句出，易一字便有風韵，是蓋以虚字勝矣。』是論脱略與改易。同卷『疊字句』引黄滔『如燕人人，雕龍字字』及近人『江山處處，風月年年』『雁奴宿宿，魚妾家家』『樹樹如浮，帆帆相屬』諸聯後云：『實字也是。顔色、禽獸、數目等字，能疊用之，亦新。』是實字疊用。卷二『長句・用之字句』於『不雪雁門之跡』聯後評：『首用二虚字，尚覺流動，然近淺近滑之弊亦在其中。』是論用字和風格的關係。同卷『用以字句』後評：『此類句法與「鍊而字句」無大異，故「樹遏日以飛柯，振駿氣以擺雷」等聯，亦争一字之巧。』是論用字的争奇與巧妙風神。卷三『用其字句』後評云：『此類如「水奔湍其如電」聯亦勁，「其」字如改「兮」字，較爲生動，然而靡也。』是論用字之功用。古人作詩作文，多重鍊字，以致有『一字師』之説。詩賦同源異流，受到詩學創作論的影響，賦論家也往往强調鍊字，尤其是作場屋賦者，因一字之奇巧而受座師賞愛的記載在在皆是，而鍊字也就成爲唐代以來律賦作家的關注點，至清末而風氣猶然。

（三）句法

句法是賦學批評的中心内容，由於科舉試賦的持續推行，唐代中後期即産生了一批賦格類著作，雖然這些著作現在絶大多數已經亡佚，但從題名還是可以看出，當時的賦學批評以『格』與『法』爲重心。鄭起潛《聲律關鍵》言句式有『韵起句、接句、繳句、散句、聯句』，『貴有精神、有力量』。其列舉的句法共有『人名故事，篇名卦象書語，物象，疊字，狀意，短句四句，繳句四字、五字、六字、七字、八字』等數種〔一五〕。王芑孫《復小齋賦話》也多次提到句法，有論師承者，有論風格者，多爲印象式點評，具體而微的闡釋並不太多，如『《吹笛樓賦》，筆意、句法頗近黄文江』（卷上）、『律賦句法，不可但用四六，或六四，或七四，或四七。試取王輔文棨、黄文江滔、吴子華融、陸魯望龜蒙諸家觀之，思過半矣』『四六、六四等句法，須相間而行』（卷上）、『魯望諸賦，精工雕鏤，不遺餘力。句法多用四五、五四、四七、七四、八四、六四，不多用「之」「以」等剩字』（卷上）等等。余丙照《賦學指南》中也有『鍊短句、鍊長句、運用成語、迭字句』之説。姜學漸《味竹軒賦話》亦云：『駢賦之體，四六句法爲多。』〔一六〕但這些論述，大多是隻言片語，往往隨文而發，不成體系。戴綸喆的《漢魏六朝賦摘艷譜説》則可以説完全是以『句法』爲中心的，從其目録來看即有網羅古今句法大全之傾向，前三卷全是句法論，有『鍊第一字句』『鍊第二字句』『鍊第三字句』『鍊第四字句』『鍊一三字句』『鍊二四字句』『鍊一二字句』『鍊二三字句』『鍊三四字句』『四字俱實句』『疊字句』『駢字句』『就句對句』『雜句』『用之字句（凡六類）』『用而字句（凡六類）』『用以字句（凡四類）』『用而以字句（凡三類）』『用於字句（凡三類）』『用則字句（凡三類）』『用兮字句（凡四類）』『用其字句（凡三類）』『用者字句（凡二類）』『用與字句（凡三類）』『用如字句（凡二類）』『用乎字句（凡二類）』『不用虛字句、雜用虛字句（凡三類）』，如此等等，不一而足。雖然戴綸喆對每種句法採用的依然是傳統的散點印象式點評，並無現代句法理論的嚴密性，但如此全面而具有系統的賦學句法論還是前所未有，令人歎爲觀止的。且戴氏對每種賦法的評述，往往前後勾連，接引唐至清代的歷代賦家賦作，由此構成縱貫的句法論述，既有深度和廣度，亦頗富理論色彩。如卷一論『鍊第一字句』，羅列了《水仙賦》《七命》《白雲賦》等聯句後評曰：『此類首二聯頗矜重，與「肅舲波渚」等聯有間。唐皇甫松《大隱賦》「有酒劉伶，無妻牧犢」二句，句法尚好，中多「有無」「多少」「新舊」字對舉者，善用之自不陳腐。國朝顧元熙《酒旗賦》云「挂愁南北，送客西東」，《樵斧賦》云「斫桂山村，鑱芝日午。抗跡雲鶴，希蹤野鴻」，均鍊。古賦不論平仄，有兩句末一字俱平俱仄者，勿爲口實。』既有對古賦平仄的説明，又有句式、句法的對比，纖毫畢陳，形象具體，很有説服力。

除了句式的駢列之外，戴綸喆在具體的評述中，還以句法爲中心，勾連起律賦學的各種質素。如論字的平仄，『鍊第四字句』後云：『凡鍊短句，腰脚俱平者，第三字必仄；腰脚俱仄者，第三字必平。自「石角紅雨」等聯自悉。』（卷一）又論用語之風格：『此類如「雲纏海岱」數聯是雄傑語，「葉斷禽蹤」數聯是幽秀語，「鏡帶湖沼」數聯是穠麗語，「殿狎江鷗」數聯是整飭語，至「内」「外」「前」「後」等聯則古賦之常調耳。』（卷一）又如論用語的體類之分：『此類宜於古體，律賦間有單用其短句者，究非初學所宜。』（卷二）『此類宜有宜律之句，非正調也。』（卷三）把句式、句法和古律賦體結合起來，是對元代祝堯氏《古賦辨體》的繼承和發展，也體現了戴綸喆鮮明的賦學辨體思想。

可以看出，作爲清代末期的賦學專書，緣於科舉試賦的需要，《漢魏六朝賦摘艷譜

不並，然使所會風時一是也這實其，素因等式形和制體的賦律是然仍點焦的評批《說
的調强，《腋精賦律批詳》的選評昌祺葉間年緒光爲同如。氣習人個的喆綸戴是僅僅
藻詞其擇中賦時於又茲『：準標選擇的集賦到談氏葉中序在。法句和律格的賦律是也
的學賦於說以可〔一七〕』。釋注評總，解句析意，者真清律法、熟圓調機、巧工對裁、妍鮮
言而』法『賦對針是均律法、巧機、對裁、藻詞，』法『是的視重昌祺葉，端二』意『』法『
一一，細巨無事是也韻用、次層、構結的賦律對氏葉，中評總和義疏的後賦篇每在。的
明點末段，起原處出從段首『：言義疏後）韻爲題以（《衣授月九》的璐寶陳評如。明點
口者授入俱段通，字壽入折段三。衣授跌反，韻兩下以或其，入說月九從段二。題全
借爲故，賦之賦詩非並，賦之賦田係，字賦押所……。衣授落明方韻末至，寫渾用先，氣
但，篇成衍敷足亦，敘直鋪平即篇通，韻五只題『：曰又評總。煩其厭不謂可〔一八〕』。押
，妍取筆側篇通……筆之跌反用而，首題落正肯不段二故，板平於過法寫此如恐正者作
闡復反韻用、法句、筆用、次層從）一卷（』。比可者奇無平平，墨數行尋非自，古帶中律
求追，法技求講，出看以可。妙之工同曲異有《說譜艷摘賦朝六魏漢》的喆綸戴和，釋

聲律成爲咸同以來晚清律體賦作和賦論的典型特徵。

（三）古律滲融——《漢魏六朝賦摘艷譜説》與清末賦風

自唐代科舉試賦以來，古律之争與古律會通就伴隨著辭賦創作與批評的整個歷史。唐宋賦家崇律，多言律賦作法；元明人賦論嚴古律之辨，推崇古賦，貶斥律賦。清初一方面沿承明代理論之餘緒，另一方面出現了古律會通的思想。清初的幾部賦選多是古律兼綜，如陸棻《歷朝賦格序》説：『若由今而論，則律賦亦古文也，又何古賦之有？』〔一九〕由此拉開了泯合古律之辨的序幕。乾嘉時期，古律争勝，文統之争漸趨激烈，而在雙方各臻極致的發展路向中，古律會通的思想也是十分有影響的，鮑桂星《賦則》有云：『夫賦有古有律。爲古而不求之古，無以爲法也；爲律而不求之古，猶無以爲法也。』〔二〇〕古律已儼然不可再分。此時的古體、律體賦論家在建立自己的理論體系時，也往往互相借鑒，表現出體大而兼包的理論特色〔二一〕。這種賦學傾向中經咸同之際清代賦學的轉向，一直持續到清末。分析個中原因，固是對前代古律争勝與會通的繼承，同時嘉道之際及其後的社會危機，以及對文學尊經致用、挽救世道衰亡功用的認同，成爲賦學古律之辨由涇渭分明趨向於互滲交融的外部動因（此期的駢散之争由乾嘉時期的争勝走向泯合，也和賦學有類似的原因），從而促成清末泯滅界域、駢散相容的賦學觀和文體論。而這一點，在戴綸喆《漢魏六朝賦摘艷譜説》中得到極其鮮明的體現。

首先看賦家和賦作的選取。戴綸喆的《漢魏六朝賦摘艷譜説》以漢魏六朝作品爲重點，這是由作者的編選目的所決定的。爲了説明的方便，先列簡表如下：

朝代	周	漢	魏	吳	晉	宋	北魏	齊	梁	陳	北周	後梁	隋	總計
作者數	3	37	22	1	47	17	2	7	24	9	2	1	3	175
篇數	27（3）	67（8）	47（15）	1（1）	122（31）	39（7）	2	15（5）	83（19）	18（3）	16（5）	1	3（1）	441（97）

注：括號内表示重見賦篇數。

從表中可以看出，漢、魏、晉、梁四代賦家最多，爲一百三十人，占全部賦家的百分之七十四。而所列選的賦家中，尤以屈原、宋玉、司馬相如、揚雄、班固、張衡、曹植、左思、潘岳、陸機、鮑照、梁元帝、沈約、江淹、庾信爲最。其中屈原選入《離騷》《卜居》《遠游》等十五篇，宋玉選入《風賦》《小言賦》《九辯》等七篇，司馬相如選入《上林賦》《子虛賦》《美人賦》《大人賦》《長門賦》等五篇，揚雄有《甘泉賦》《河東賦》《逐貧賦》《羽獵賦》《蜀都賦》《長楊賦》《反離騷》等七篇，班固有《終南山賦》《東都賦》《西都賦》《幽通賦》等四篇，張衡有《東京賦》《西京賦》《東都賦》《冢賦》《髑髏賦》等五篇，曹植有《洛神賦》《潛志賦》《幽思賦》等十三篇，潘岳有《閒居賦》《藉田賦》《秋興賦》等十三篇，陸機有《鼓吹賦》《文賦》《幽人賦》《豪士賦》等十五篇，鮑照有《蕪城賦》《舞鶴賦》《傷心賦》《小園賦》《枯樹賦》等十四篇，江淹有《橫吹賦》《去故鄉賦》《恨賦》等二十一篇，庾信有《哀江南賦》《尺蠖賦》等十篇，這其中既有騷情濃郁的楚辭體，又有聲情壯浪的騁詞大賦，亦有聲律諧婉的駢體賦。再從其所摘引的聯句和段落來看，全書以漢魏六朝爲中心自不必言，在每種句法後面的評述和卷四的總論裡，戴綸喆也提及唐代以來的賦家和賦作，其中以唐代和清代爲多，唐代主要有皇甫崧、張何、杜甫、李白、王勃、黄滔、周鍼、陸龜蒙等，清代主要有顧元熙、吴綺、尤侗、吴錫麒、李元度、李隆蕚、吴振棫、陳沆等，既有律體賦作者，亦有古體賦家。從所提及的賦作來看，以律體賦爲多，這是由其句法論批評主旨所限定的。但即使如此，戴氏對律體賦聯的批評，也不完全以格律、聲色爲中心，而是關注到了古致、氣韵、風神等各方面。如論清朝論賦之書，就有明古之意：『國朝著述則有李雨村之《賦話》、王念豐之《讀賦卮言》、吴穀人之《賦賦》《賦論》、浦柳愚之《復小齋賦話》、侯心齋之《律賦約言》、余紗山之《賦學指南》，不一而足。李書之精華大備，王書體制悉明，吴、浦、侯諸書尚能明古，惜過略耳。』（卷四）又如論清賦代表作家云：『國朝賦學，自應以吴穀人、顧耕石爲一時瑜亮，然顧固風格遒上，足式浮囂，而吴更洋洋灑灑，一物難名，矩步繩趨，却處處不戾于古。其氣象非特蘭修館不可及也，即唐宋諸公亦應訝後生可畏。』（卷四）言律而不忘於古，反映出自咸同以來律體試賦追求尖新的衰落態勢。就賦學批評而言，其時雖然由於科舉試律賦的推行，律體賦選本層見錯出，但律體賦論儼然已整體衰落，論者大多沿襲元明至乾嘉賦論以古爲律的傾向。以古鑒今，運古入律，成爲賦學批評的重心。

其次，從賦學傾向來看，《漢魏六朝賦摘艷譜説》雖然是以句法爲中心而構建的體系完整的律體賦學，但處在咸同以降古體賦學重新崛起的賦學話語中，其賦學批評便不能純然以『格律聲色』爲唯一訴求，而是表現爲律體賦和古體賦的會通，除了談論律賦的作法外，戴氏批評還多涉及古體賦的創作以及强調賦作的雅鍊、神韵、氣勢之健、聲象超妙、漸近自然等，這可以説是對賦學批評史上以古入律理論的繼承。唐代以來古文家對律體賦學的批評，以白居易爲首的律體賦家融入經史的創作傾向，以及杜牧《阿房宫賦》、歐陽修《秋聲賦》、蘇軾前後《赤壁賦》的以文入賦，均表明古體賦對律體賦的影響。即便是律體賦創作極盛的清代乾嘉時期，賦論家也多持古律滲融之説〔二二〕。道光以來，由於國勢衰頽，這種傾向愈發明顯，如余丙照論賦重押韵、詮題、裁對、琢句、賦品、結構和練局，同時也講求根柢深厚、斂氣鑄局，認爲賦作要胎息漢魏六朝。其所編纂的《賦學指南》是一本談論賦法之書，『謂之律者，以其繩尺法度亦如律令之不可逾也』，但也論及賦品的古致、莊雅，結段的懷古、寓意等。如論莊雅云：『庸腔滑調，最易惹厭。必須氣象莊嚴，風骨雅雋，方顯賦家身分。蓋莊則不佻，雅則不俗，剛健婀娜，兼而有之者也。』（卷六）氣象莊嚴、風骨雅雋的要求常見於古體賦評，移之於律賦，表明道光以來的賦學批評逐漸擺脱乾嘉時期古律爭勝、各臻極致、口誅筆伐的言論傾向，走向更高層次的整合。又如李元度的《賦學正鵠》（同治十年刻本）也是討論律賦作法之作：『曰層次，曰氣機，入門第一義也。曰風景，曰細切，曰莊雅，曰沉雄，曰博大，皆應區之品目也。曰遒鍊，曰神韵，則駸駸乎進於賦矣。曰高古，則精擇古賦以爲極則。由六朝以上希兩漢，其道一以貫之。此循流溯源之術也。』〔二三〕在强調層次、韵律、平仄的同時，要求賦作循其流而溯其源，由六朝上希兩漢。這説明在李元度看來，雖然律賦在清代，尤其是乾嘉時期可稱一代之盛，但在氣格、風調方面缺乏古賦應有的遒鍊與風神，要援古入律，纔能充其氣機，鼓其志意。在其所論列的十個子目中，莊雅、沉雄、博大、神韵等也多是就古賦風尚而言的。

而戴綸喆的《漢魏六朝賦摘艷譜説》沿承咸同以來的賦學風尚，倡『古律滲融，以古入律』之説。在前三卷的摘句（聯）批評中，處處關合『雄放』『力量』『樸茂』『氣勢』

等字眼。卷一『鍊一三字句』云：『此類與下鍊二三字類，字字折，字字鍊，立意選言，最關力量。』卷二『用以字句』後評云：『此類數聯蒼老樸茂，是魏晋作家本色，六朝無復嗣音。』卷三『用於字句』後評曰：『若李華《含元殿賦》「星錘電交於萬堵，霜鋸冰解於千尋」二語，挾聲獎氣，自鑄偉詞，更足淩轢古人。』同卷『不用虚字句』後曰：『此類雖無虚字，亦有相、見、吐、宿等活字以舒其氣，不然滯也。』以氣論賦，就是對古體賦學的借用。

雖然從表面看，卷四《餘論》多是從律賦的作法入手，評騭歷代賦家辭賦創作的得失，如『律賦不宜用詩體句』『律賦不宜用兩韵遥對之法』『長篇短制用字不同』『訓詁題』『賦中考據』『歌行體』『銘體』『謡諺』『奏疏不符合賦的正格』等等，但對古體賦風的心儀却是十分明顯的。如『審題』篇論及咏史題、理致題、詠物題、數目題等，大多和應制大賦（即古體賦）有關，又把『作賦』和『作文』相提並論，言『作賦與作文同，文有題旨，賦亦須看其來歷，面面俱圓』，云顧元熙《明月前身賦》『處處切合《詩品》，探驪得珠，自然壓倒元白』（卷四），大多能融古入律，以古體賦之風神氣象滲融律體賦之

『格律聲色』。又如强調賦作要有『雄健』之氣，論唐人試賦云：『若典重題可以議論行者，又不妨縱筆及之以功其説，然其間關力量焉，要必如《詩品》第一則，返虚入渾，積健爲雄。』『詠史題盡可以才氣勝，若切定其人、其時、其事起議，識見高超，嚴于史論，閲者自無不驚心動魄也。』（卷四）論理致題及題之出於經書者：『若能引用成語，愈出愈奇，而又有文章天成、恰爲題設之妙，自推合作。』而從是書所選篇目和評選的清代大家之作來看，也多有沿承漢魏高古渾穆、雄奇奔放之作者。如要求辭賦作者溯源魏晋，取乎《騷》《漢》：『漢魏以來流别，俱見《文心雕龍》及王、張諸書，學者欲胚胎于周造，鴻以漢風，蕭寥乎江左，清言簡練以鄴臺數子，擷齊梁之新色，抽陳隋之妍心，則必由庾信、江淹、鮑照、梁朝數帝、謝氏諸人以上溯魏晋之賦。首漢之英傑十家，夫而後漸次而入，精熟《選》理，可以煌煌大作，自成一家言矣。』（卷四）只有由六朝上溯漢魏，精熟《選》理，才能自成一格。又如論唐代律賦云：『唐初體制未宏，無論也。盛唐而後杜甫之高横，學魏晋者乎？李白之或俊逸，或奇邁，學漢魏而近六朝者也。元稹、白居易絶去縛束，純以氣行，宋人風尚實基之也。陸龜蒙不李、杜，不元、白，鏤采錯金，專事新妍，然亦未可盡宜於律也。王棨、黄滔晚出，錦心繡口，吕吻律脣，藻耀高翔，文筆鳴鳳，惟此爲合作矣。餘如李程、王起、宋言、賈餗、蔣芳、謝觀輩，雖有傑構，終難抗行。』（卷四）就以漢魏六朝爲學者風尚，推舉氣骨高翔之作，而對晚唐律體中氣骨衰靡的辭賦作品表示『終難抗行』。又引王芑孫的話發揮説：『有志者必以通經治古文爲本，讀三代兩漢之書以尊其體，賅九流七略之用以會其歸。博學而無方，强立而不反，此蓋謂賦之源自賦溯之，而賦之料不自賦儲之也。學者勿沾沾以摘屈宋艷、熏班馬香畢乃事矣。』（卷四）在作者的視野中，賦的材料不應囿於屈、宋、班、馬，學賦更爲重要的是『通經治古』和『博學多方』。正如《審題》第一則所引李調元的《賦話》，也可作其賦學主張的支撑：『辭尚體要，總貴稱題。如『圜邱』『祀天』『藉田』『獻繭』等題，能援據精詳，簡古肅穆，便是第一義矣。若徒句雕字琢，刻意求新，則是錯朱紫於衮衣，奏鄭衛於清廟，非特大乖體制，轉開不學人省略法門。』（卷四）辭賦創作的第一要義即『體要語簡』，而不能徒飾藻華。試體賦要合乎體制，而更關鍵的是要雄渾雅健、氣力縱橫。

這種古律交融、融古入律的賦學觀在同時期其他賦論和賦選集中也有表現，由於後期科舉試賦背離經義的傾向，館閣賦作已然脱離了宋代經義賦的明道致治功用，而更傾向於對情與格的追求。如陳道南的《選抄館賦》（光緒年間抄本），録有萬青藜的《玉燭賦》、朱鳳標的《富貴如浮雲賦》、孫鼎臣的《文翁化蜀賦》、曾維楨的《雲臺二十八將賦》、季芝昌的《韓昌黎平淮西碑賦》、羅惇衍的《有文事必有武備賦》、金國均的《舜舉十六相賦》等二十篇賦作，每篇後均有總評，十分鮮明地表達出此種賦論傾向。評史佩瑲的《嘉量賦》曰：『鑄九牧之金鼎，勒肅慎之楛矢，鎔式經誥，馥采典文。』〔二四〕評《有文事必有武備賦》曰：『莩甲新意，雕畫奇辭，而情與氣諧，彌見風清骨峻。』評《安福殿言政事賦》云：『風恢恢而能遠，流洋洋而不溢，工文練治，足以對揚王庭。』（卷一）可以説《選抄館賦》既有對融鑄經典、淵雅典懿的稱賞，也有對風清骨峻的崇尚，更有對奇辭新意、格律謹細的要求。又如繆潤紱的《律賦準繩》，基於體例的要求，選擇的全部是律體賦，但在卷首的《作賦例言》十二則中，强調立意、行氣、調味、博古等方面，如論『行氣』云：『叶韵而外，道在行氣。氣盛則言之長短與聲之高下皆宜。文順氣而後有揮灑之致，賦順氣而後有洋溢之機。作賦而不能行氣，則板滯平庸與泥車瓦狗何異？……所謂寓單行於排偶之中，氣行故也。但養氣一道，全在平日。若讀賦時不能極高下抑揚之致，則氣無由積，到作賦時，又烏能有氣？欲行氣者，亦還於吟諷誦習間求之也可。』〔二五〕認爲賦同詩文一樣，貴在氣達，只有平時善於養氣，以氣運於賦中，纔能鮮活有致。又如論『調味』説：『賦耐觀處，又不僅在琢鍊也，須要有味，耐人咀嚼。昔人云：「餘味曲包。」又云：「其味深長。」又云：「得味外味。」可見有味乎言，文章斯貴。世之業律賦者於「味」之一字，率不講求，故有遣詞造句，僅有可觀，一再讀之，則索然者，味不足也。但調味一説，其理甚微，而其義甚奥，非可以言語傳，非可以形跡求。多讀前輩名程而善於索覴者，自無誚於鮮能知味也。』〔二六〕以『味』論詩，源于鍾嶸《詩品》，後世成爲一個重要的文論概念。此移之於論賦，即把賦與詩文打通，鮮明地表達出以古入律的賦論傾向。戴氏此論可以看作古律融合在清末的遥遠迴響，而當我們把戴綸喆置於那個大厦將傾的時代背景下觀照，也可以感知這是賦家衰世奮發精神與追懷盛世的微妙心理之體現。

戴綸喆所撰《漢魏六朝賦摘艷譜説》四卷，現存清光緒七年（一八八一）瀛山書院刻本，四川省圖書館、福建省圖書館、重慶市綦江縣圖書館有藏。本書校證，即以此本爲底本，同時參校《文選》《文苑英華》《歷代賦匯》等相關文獻及《漢魏六朝賦摘艷譜説》所徵引文獻的原文。校勘中儘量保持底本原貌，除少量明顯刻誤字徑改外，一般異文均在校勘記中辯證；書中的重要避諱字，如清人諱『玄』爲『元』、諱『弘』爲『宏』等，則據所徵引原文徑改。所撰各卷校勘記，均置於各卷之末。

全書由孫福軒、陳何熙嫻、儲瀟編纂。初稿的校訂大致分工如下：陳何熙嫻負責卷一至卷三，孫福軒、儲瀟負責卷四，各卷校勘記由孫福軒、陳何熙嫻完成，最後由孫福軒統稿。

本書的編輯出版，得到趙俊波、踪凡兩位先生的熱情幫助。趙俊波先生提供底本複印稿，踪凡先生曾就編纂體例提出寶貴意見。浙江古籍出版社責編沈宗宇先生爲之付出了卓有成效的辛勤工作，謹在此一併致以誠摯的謝意。至於本書存在的不足和缺失之處，也真誠地期盼著讀者的批評和指正。

本《前言》主體部分爲《戴綸喆〈漢魏六朝賦摘艷譜説〉與清末賦學》，發表於《浙江大學學報（人文社科版）》二〇一三年第二期，因與題旨相關，權作序言。

注 釋

〔一〕有關《尹人賦話》的内容，參孫福軒《姜國伊〈尹人賦話〉與清末科舉試賦考論》，《科舉學論叢》二〇一二年第一輯，綫裝書局，第四九—五三頁。

〔二〕薛天沛：《益州書畫録》，成都：崇禮堂，一九四五年版。

〔三〕戴綸喆：《漢魏六朝賦摘艷譜説》序，瀛山書院刻本清光緒七年（一八八一）刻本。

〔四〕戴綸喆：《漢魏六朝賦摘艷譜説》跋。

〔五〕戴綸喆：《漢魏六朝賦摘艷譜説》凡例。

〔六〕現存的賦格、賦法類論著主要有唐代無名氏的《賦譜》、宋代鄭起潛的《聲律關鍵》等，涉及律賦寫作的層次、審題、押韵、琢句、修辭、隸事等内容。

〔七〕乾嘉時期的律體賦學，可參看孫福軒《清代賦學研究》（浙江大學出版社，二〇〇八年版）第三章《乾嘉道時期的賦學理論》第四節『律體宗唐——律體賦派的理論』和第六節『律體賦選的偏盛』等内容。

〔八〕如此期出現的大量的辭賦選本，均是以此内容爲主體的，如魏茂林的《國朝三十五科同館詩賦解題》（同治三年刻本）、路德的《關中課士賦續編》（光緒十年刻本）、孫欽昂的《近九科同館賦鈔》（光緒十一年刻本）、徐桐的《同館賦續鈔》（光緒十六年刻本）、佚名的《近科同館賦》（光緒二年好古齋刻本）、劉源灝的《關中課士詩賦録》（光緒十年上海江左書林刻本）、秦際唐的《奎光書院賦鈔》（光緒九年何陋屋本）、錦齋的《試賦揀抄》（清末民初抄本）等即是。

〔九〕當然，如此説並不是完全否定賦學古律融合的傾向，只是就科舉試賦體制的主導層面而言。由於乾嘉以來重唐、重律，道咸以後又出現『背唐律而尚時趨』的創作風尚，律體賦創作所追求的主要是格律聲色，如道光年間余丙照《賦學指南》論賦的『始之以押韵，終之以鍊局』、同光年間翰苑律體賦學總綱李元度的《賦學正鵠》的作賦八端、程祥棟《東湖草堂賦鈔》卷首所引侯心齋的《律賦約言》談及的律賦的層次、徐承采《賦法梯程》卷首所載吴曉蘭《論賦十四則》追求的格律法度等等。

〔一〇〕王芑孫：《讀賦卮言》卷上，光緒十一年（一八八五）富順考雋堂刻本。

〔一一〕余丙照：《賦學指南》卷七，道光二十二年（一八四二）增注重刻本。

〔一二〕林聯桂：《見星廬賦話》卷六，光緒十八年（一八九二）高凉耆舊集本。

〔一三〕侯心齋：《律賦約言》，見程祥棟《東湖草堂賦鈔》卷首，清光緒三年（一八七七）安懷山房刻本。

〔一四〕李鷹：《師友談記》，孔凡禮點校，北京：中華書局，二〇〇二年版，第一九—二〇頁。

〔一五〕鄭起潛：《聲律關鍵》序，見阮元編纂《宛委别藏》，南京：江蘇古籍出版社，一九八八年版。

〔一六〕姜學漸：《味竹軒賦話》，《資中賦鈔》同治六年（一八六七）刻本。

〔一七〕葉祺昌：《詳批律賦精腋》序，光緒五年（一八七九）刻本，好友堂藏版。

〔一八〕葉祺昌：《詳批律賦精腋》卷一。

〔一九〕陸棻：《歷朝賦格》序，康熙年間刻本。

〔二〇〕鮑桂星：《賦則》序目，道光二年（一八二二）鮑氏家刻本。

〔二一〕關於這一點，許結《中國賦學歷史與批評》從歷史批評、本體批評、鑒賞批評三個層面做了具體分析：『論其大要，約有三個方面：第一，清人對賦本體的追求由古體派影響到律體派，構成藝術形上之學；第二，清代古體、律體兩派批評觀皆貫注以「史」的意識；第三，清代賦學鑒賞由律賦派開創並影響古體派學者，形成其賦學鑒賞理論體系。』（江蘇教育出版社，二〇〇一年版，第一四四—一四四作、一六七—一六八頁）亦可參看孫福軒《清代賦學研究》第三章《乾嘉道時期的賦學理論》第四節『乾嘉道復古思潮中賦論家的體類之争』之『古體派與律體派賦學思想的論争和調和』（浙江大學出版社，二〇〇八年版，第一八八—一九四頁）。

〔二二〕有關唐代以來的古律之辨和古律滲融，可參考許結《中國賦學歷史與批評》（江蘇教育出版社，二〇〇一年版）上編第十節『古律之辨與賦體之争』以及孫福軒《清代賦學研究》（浙江大學出版社，二〇〇八年版）第三章第四節的相關内容。

〔二三〕李元度：《賦學正鵠》序目，同治十年（一八七一）李氏爽溪家塾刻本。

〔二四〕陳道南《選抄館賦》卷一，清光緒年間抄本。

〔二五〕繆潤紱：《律賦準繩》卷首，佟炳章注，清光緒十年（一八八四）華翰齋刻套印本。

〔二六〕繆潤紱：《律賦準繩》卷首。

戴綸喆自序

吾棊自嘉慶辛未羅春堂太夫子以歲試詩古冠軍屬後，聲韵之學焕然一新。嗣是杏苑聯鑣，木天接踵，諸先生且衡文校士，風氣日開矣。然初學所習賦，率爲《少巖》《插花窗》兩賦所囿，無論唐以前所謂漢魏六朝，即國朝諸名家亦鮮有涉獵及之者，豈山川僻寂，人心終安簡陋耶？喆不敏，丱角就外傅吴松軒先生讀，學爲賦，試以『春陰』題，先生閱而喜曰：『孺子尚可教也。』遂旬日一爲之。踰年，家君擴以諸名家所作。又踰年，進以唐賢矩矱，朝斯夕斯，無歧路也。會城固田子實先生宰棊，下車觀風，即以古學受知，又時時進以六朝。家君曰：『事必探源，樸茂須求諸漢魏，慎毋自畫。』孰意黔疆橐筆，抱病荷城，繼而北馬南船，不彈此調，幾幾乎舊業難以重理矣。

今年謬主瀛山講席，從者近七十人，天資多高敏者。時藝外課以古學，而賦尤加意焉，以其爲翰苑之所必需也。但諸生所爲，於字句未經細講，爰取前誦習賦授之讀，暇復取荀、屈以來古句之駢而雅者，摘列爲譜，附以己説，證以唐以後句法。又恐諸生以爲專事字句，益以《餘説》一卷，分總論、辨體、相題、布局、措詞五類，擇焉而不精，語焉而不詳，知難免也，亦聊就所知者以公之同學耳。夫江漢炳靈，世載其英，蜀自司馬長卿以《大人》《長門》發跡，淵雲墨妙又復輝映後先，麟麟炳炳，漢京以宏。雖其後唐之太白、宋之東坡、明之昇菴不得目爲專家，而至今傳誦，猶一二見重騷壇，不誠風流未艾耶？諸生果究心於此，由淺入深，更取漢魏六朝之全篇而服膺之，不特可奏賦金門，即云著作，亦許繼鄉先生輩而鵲起矣，夫豈綦一鄉一邑之士乎哉！書此勉諸生，並以自勉。

光緒辛巳仲秋朔日，吉雙戴綸喆自識於瀛山書院之南軒

凡例

一、譜中所收之句，原稿二千餘聯，後因繁而汰之，存其佳句與句之稍變者，尚得三分之二。

一、譜中所列之賦如《反離騷》《九辯》《七激》《哀時命》《山川頌》等篇，一照《七十家賦鈔》例收入。

一、譜中所收間有以優劣長短爲先後者，未及作者倫次。

一、譜中每聯下僅舉賦目，損字數也，有重題者别以姓，有同姓者並書名。

一、譜中長句於每類中又分數類，取其與己説近，便檢閲也。

一、三字句句法無多，律賦用者亦少，故未收及。

一、譜中不列四六長排而於説中收及者，欲學者知運長排之妙也。

一、説中於唐以後句，每類舉而旁收之，未免繁冗，欲學者知窮其變。惟宋人善於使事，最利場屋，雖所引無幾，一臠可知肉味。

一、國朝賦手甚多，所引不及一二，吴、顧兩家外，隨手録之，雖近人亦不避焉，總以見刊本者爲主。

一、《餘説》中如《讀賦卮言》所載賦之長短、作賦者之遲速以及獻賦、試賦之所始等條，非初學所急，故未論及。

一、《餘説》中間有爲李雨村《賦話》等書論及而不引出書目者，有所增損也，非敢襲美。

一、《餘説》中有與《賦學指南》相出入者，古今詳略不相謀也，學者可並觀之。

一、是書爲訓徒計，非云著作，《餘説》所及，未盡當亦未盡詳，倘有匡其不逮焉，則幸甚。

一、書成倉猝，自多訛舛。昔陳仁子《文選補遺》尚以宋時王微所作《詠賦》誤爲宋玉《微詠》，何況我輩？

一、學者文藝爲後，而賦尤壯夫不爲之小技，似無須沾沾於此，但就學論學，就賦論賦，非必欲學者之專鶩浮華也，識者諒之。

收賦目録

《漢魏六朝賦摘艷譜説》所收賦目，略分朝代作者，先後未暇詳考。

周

荀況　《雲賦》（此題重見）　《智賦》　《蠶賦》　《箴賦》　《禮賦》

屈原　《離騷》　《漁父》　《卜居》　《天問》　《東皇》　《雲中君》　《湘君》

《湘夫人》　《大司命》　《少司命》　《東君》　《河伯》　《山鬼》　《九章》

《遠游》

宋玉　《風賦》（重見）　《小言賦》　《登徒子賦》　《笛賦》（重見）　《釣賦》

《高唐賦》　《九辯》

漢

中山王　《文木賦》
淮南王　《招隱士》
班婕妤　《擣素賦》　《自悼賦》
賈誼　《鵩賦》　《弔屈原賦》
枚乘　《梁王菟園賦》
公孫乘　《月賦》（重見）
司馬相如　《上林賦》　《子虚賦》　《美人賦》　《大人賦》　《長門賦》
孔臧　《諫格虎賦》《楊柳賦》
董仲舒　《山川頌》　《士不遇賦》
莊忌　《哀時命》
王褒　《洞簫賦》

司馬遷　《悲士不遇賦》
劉向　《九嘆》
揚雄　《甘泉賦》《河東賦》《逐貧賦》《羽獵賦》（重見）《蜀都賦》（重見）
《長楊賦》《反離騷》
劉歆　《甘泉宮賦》《遂初賦》
班彪　《覽海賦》
馮衍　《顯志賦》
梁竦　《悼騷賦》
班固　《終南山賦》《東都賦》《西都賦》《幽通賦》
傅毅　《洛都賦》《七激》《舞賦》（重見）
王延壽　《魯靈光殿賦》
馬融　《長笛賦》《廣成賦》《摴蒲賦》
繁欽　《征天山賦》《柳賦》（重見）

邊讓 《章華賦》
朱公叔 《鬱金賦》
王逸 《荔枝賦》
羊勝 《屏風賦》
公孫詭 《文鹿賦》
杜篤 《書槴賦》
張衡 《東京賦》《西京賦》《東都賦》《冢賦》《髑髏賦》
劉廣世 《七興》
劉梁 《七舉》
趙壹 《窮鳥賦》（重見）《疾邪賦》《迅風賦》
鄧耽 《郊祀賦》
崔駰 《七依》《大將軍西征賦》
蔡邕 《琴賦》（重見）

禰衡《鸚鵡賦》(重見)

魏

文帝《浮淮賦》《彈棊賦》《校獵賦》《柳賦》(重見)《述征賦》
陳思王《洛神賦》《愍志賦》《七啓》《鶡賦》《九詠》《離思賦》《神龜賦》《感節賦》(重見)《節游賦》《幽思賦》《愁思賦》《玄暢賦》《歸思賦》
王粲《羽獵賦》(重見)《神女賦》(重見)《思友賦》《傷夭賦》
陳琳《神女賦》(重見)《迷迭賦》(重見)《武軍賦》《神武賦》
阮瑀《箏賦》
劉楨《魯都賦》《遂志賦》
應瑒《西狩賦》《迷迭賦》(重見)
楊修《許昌宮賦》(重見)《神女賦》(重見)

何晏《景福殿賦》（重見）
邯鄲淳《投壺賦》
韋誕《景福殿賦》（重見）
卞蘭《許昌宮賦》（重見）
阮籍《東平賦》
嵇康《琴賦》（重見）
鍾會《蒲萄賦》
徐幹《齊都賦》
劉邵《趙都賦》
毌丘儉《承露盤賦》
賈岱宗《大狗賦》
陳暄《應詔語賦》
丁儀《厲志賦》

丁廙妻　《寡婦賦》（重見）

吴

閔鴻　《羽扇賦》（重見）

晋

張協　《七命》　《洛禊賦》　《安石榴賦》（重見）　《玄武館賦》
孫綽　《游天台山賦》　《望海賦》
左思　《蜀都賦》（重見）　《吴都賦》　《魏都賦》　《白髮賦》
郭璞　《蜜蜂賦》　《蚍蜉賦》　《巫咸山賦》
潘岳　《閒居賦》（重見）　《藉田賦》　《秋興賦》（重見）　《螢火賦》（重見）
《笙賦》　《射雉賦》　《滄海賦》　《悼亡賦》　《西征賦》　《登虎牢山賦》
《橘賦》（重見）　《朱實賦》　《寡婦賦》（重見）

傅玄　《朝會賦》《正都賦》

夏侯湛　《禊賦》（重見）《觀飛鳥賦》《春可樂賦》《宜男花賦》

張華　《鷦鷯賦》《環材枕賦》《歸田賦》

李顒　《雷賦》

温嶠　《蟬賦》

江逌　《風賦》（重見）《扇賦》《竹賦》

束皙　《讀書賦》《餅賦》

陸機　《鼓吹賦》《文賦》《登臺賦》《白雲賦》《幽人賦》《七徵》《豪士賦》《羽扇賦》（重見）《歲暮賦》《愍思賦》《漏刻賦》《感時賦》《感節賦》（重見）《嘆逝賦》《列仙賦》

陸雲　《寒蟬賦》（重見）《逸民賦》《南征賦》（重見）《愁霖賦》《喜霽賦》

傅咸　《神泉賦》《芝香賦》《儀鳳賦》《蜉蝣賦》《感別賦》《紙賦》

鈕滔母孫氏　《筮筷賦》（重見）《悼艱賦》

摯虞　《思游賦》

曹毗　《箜篌賦》（重見）　《秋興賦》（重見）　《涉江賦》

應貞　《臨川賦》

嵇咸　《長生賦》

嵇含　《白首賦》

陶潛　《閒情賦》　《感士不遇賦》

成公綏　《延賓賦》　《鴻雁賦》　《嘯賦》　《天地賦》　《螳螂賦》　《琴賦》（重見）

孫承　《嘉遯賦》

儲爽　《禊賦》（重見）

楊泉　《五湖賦》

袁宏　《東征賦》

木華　《海賦》（重見）

謝萬　《春游賦》

蔡洪　《圍棋賦》（重見）

張載　《安石榴賦》（重見）　《叙行賦》　《扇賦》

范堅　《安石榴賦》（重見）　《蠟燈賦》

庾闡　《藏鈎賦》　《海賦》（重見）　《閒居賦》（重見）

夏侯湛　《浮萍賦》　《彈棋賦》（重見）

孫惠　《百枝燈賦》

潘尼　《東武館賦》　《火賦》

孫楚　《菊花賦》（重見）　《鷹賦》（重見）　《笑賦》

棗據　《登樓賦》

傅純　《雉賦》

盧湛　《菊花賦》（重見）

湛方生　《七嘆》　《風賦》（重見）

陸沖　《風賦》（重見）

楊艾　《雲賦》
顧愷之　《冰賦》
傅(休奕)〔玄〕　《柳賦》(重見)　《箏賦》　《乘輿馬賦》
王彪之　《水賦》　《井賦》
向秀　《思舊賦》

宋

孝武帝　《華林清暑殿賦》(重見)　《擬漢武帝李夫人賦》
臨川康王　《鶴賦》　《山雞賦》
顏延之　《赭白馬賦》　《寒蟬賦》(重見)　《七繹》
鮑照　《蕪城賦》　《舞鶴賦》　《園葵賦》　《尺蠖賦》　《游思賦》　《觀漏賦》
《野鵝賦》　《芙蕖賦》(重見)　《舞賦》(重見)　《傷逝賦》
傅亮　《感物賦》　《登凌囂館賦》

王微　《詠賦》

謝惠連　《雪賦》　《甘賦》

謝莊　《月賦》（重見）　《悦曲池賦》　《赤鸚鵡賦》　《舞馬賦》

謝靈運　《江妃賦》　《傷己賦》　《羅浮山賦》　《孝感賦》　《入道至人賦》

周衹　《枇杷賦》

沈勃　《秋羈賦》

何瑾　《悲秋夜賦》

王徽　《野鳧賦》

袁淑　《桐賦》（重見）

劉義恭　《桐樹賦》

何尚之　《華林清暑殿賦》（重見）

顔測　《山石榴賦》

後魏

盧元明《劇鼠賦》

齊

王僧虔《書賦》〔一〕

(景)〔竟〕陵王《七要賓僚賦》〔二〕

謝朓《思歸賦》《游後園賦》《楚江賦》《七夕賦》(重見)《酬德賦》

《高松賦》(重見)《杜若賦》《擬風賦》(重見)

張融《海賦》(重見)

王儉《靈邱竹賦》

王融《擬風賦》(重見)

竟陵王《梧桐賦》

邢劭〔北齊〕　《新宮賦》

梁

武帝　《梁園棋賦》（重見）　《孝思賦》

簡文帝　《對燭賦》（重見）　《昭明囊賦》　《鴛鴦賦》　《列燈賦》　《箏賦》（重見）　《阻歸賦》　《舞賦》（重見）　《晚春賦》　《序愁賦》　《梅花賦》　《述羈賦》　《芙蕖賦》（重見）

元帝　《讀易賦》　《元覽賦》　《春賦》（重見）　《言志賦》　《鴛鴦賦》（重見）　《臨秋賦》　《采蓮賦》　《秋興賦》（重見）　《蕩婦思秋賦》

宣帝　《圍棋賦》

邵陵王　《贈言賦》

昭明太子　《銅博山香爐賦》　《鸚鵡賦》（重見）

沈約　《郊居賦》　《天淵水鳥賦》　《愍衰草賦》　《反舌賦》　《麗人賦》　《高

松賦》（重見）《桐賦》（重見）《愍塗賦》

江淹　《赤虹賦》《空青賦》《麗色賦》《横吹賦》《去故鄉賦》《青苔賦》
《別賦》《恨賦》《學梁兔園賦》《燈賦》《泣賦》《傷友人賦》
《擬風賦》（重見）《水上神賦》《倡婦賦》《丹砂可學賦》《扇上綵
畫賦》《江上之山賦》《思北歸賦》《自悲賦》《芙渠賦》（重見）

陸倕　《思田賦》《感知己賦》

蕭子範　《建安城門峽賦》

吴均　《八公山賦》《吴城賦》《猿賦》《橘賦》（重見）《筆格賦》

陶弘景　《水仙賦》

何遜　《窮鳥賦》（重見）

周興　《白鶴羽扇賦》

王筠　《蜀葵花賦》

任昉　《静思堂秋竹賦》《答陸倕感知己賦》

蕭子雲　《歲暮直廬賦》
蕭和　《螢火賦》(重見)
程詧　《天竹賦》
徐摛　《冬蕉卷心賦》
張纘　《南征賦》(重見)　《離別賦》　《秋雨賦》　《瓜賦》
劉緩　《鏡賦》(重見)
邱遲　《還林賦》　《思賢賦》
裴子野　《卧疾賦》　《寒夜賦》

陳

陳後主　《棗賦》　《夜亭度雁賦》
江總　《瑪瑙碗賦》　《貞女峽賦》　《華貂賦》　《雲堂賦》　《山川納袍賦》
《修心賦》

傅縡　《博山香爐賦》《笛賦》（重見）

孔璠之　《艾賦》

徐陵　《鴛鴦賦》（重見）

顧野王　《舞影賦》

張正見　《石賦》《山賦》《哀桃賦》

謝優　《觀舞賦》

陸瑜　《琴賦》（重見）

北周

沈炯　《魂歸賦》《幽庭賦》

庾信　《春賦》（重見）《鏡賦》（重見）《邛竹賦》《哀江南賦》《傷心賦》《竹杖賦》《枯樹賦》《華林園馬射賦》《小園賦》《象戲賦》《燈賦》（重見）《七夕賦》（重見）《對燭賦》（重見）《蕩子賦》

後梁

甄玄成　《車賦》

隋

薛道衡　《宴喜賦》

魏彦深　《鷹賦》(重見)

蕭大圜　《竹花賦》

共作者一百七十五人，賦四百四十一篇，重題者九十八篇。

校勘記

〔一〕王僧虔(四二六—四八五)，南朝宋齊間人，主要文學創作在齊，原書歸入後魏，不妥，兹歸入南朝齊代。

〔二〕《七要賓僚賦》，《藝文類聚》《漢魏六朝百三名家集》均作『賓僚七要』，是。

目録

卷一 短句

卷二　長句上

卷三　長句下

卷四　餘説

卷一　短句

綦江戴綸喆吉雙甫稿
及門諸子同校

鍊第一字句

障渠水府，包山銅臺〔一〕。《水仙》

禀氣靈淵，受精皎月。《七命》

發憤靈石，擢性洪流。《白雲》

褫魂故嶺，結夢舊墀。《還林》

洗兵海島，刷馬江洲。《魏都》

肅舲波渚，緩栧江潭〔二〕。《赤虹》

停輿蕙渚，税駕蘭田。《洛禊》

風馬桂林，抗旌琳圃。《郊祀》

摘芳林沼，行樂軒除。邱《竹杖》

曜華春圃，凋葉秋林。《嘉遯》

擢本千尋，垂蔭萬畝。《吴都》

協律都尉，射雉中郎。庾《春》

此類首二聯頗矜重，與『肅舲波渚』等聯有間。○唐皇甫松《大隱賦》：『有酒劉伶，無妻牧犢。』〔三〕二句句法尚好。賦中多『有』『無』、『多』『少』、『新』『舊』字對舉者，善用之自不陳腐。國朝顧元熙《酒旗賦》云：『挂愁南北，送客西東。』《樵斧賦》云：『斫桂山春，鑱芝日午。』『抗迹雲鶴，希蹤野鴻。』均鍊。○古賦不論平仄，有兩句末一字俱平俱仄者，勿爲口實。

鍊第二字句

雲纏海岱，風拂峭潼。《野鵝》

水遽龍魄，陸振虎魂。張《海》
龍吟方澤，虎嘯山邱。《歸田》
冰塞長河，雪滿群山。《舞鶴》
霧隱行雁，霜眇虛林。《楚江》
葉斷禽踪，枝通猿路。沈《高松》
軒疊厚霜，庭澄積雪。《麗色》
露團秋槿〔四〕，風捲寒蘿。《傷逝》
鏡帶湖沼，錦匝池林。《青苔》
朱開錦蹹，黛蘸油檀。庾《鏡》
苔畫波文，花然樹色。《哀桃》
霜封園橘，冰裂池荷〔五〕。江《燈》
霧凝珠網，風清玉除。《觀舞》

水濺蘭橈，蘆侵羅襪[六]。《采蓮》
殿狎江鷗，宫鳴野雉。《哀江南》
地平魚齒，城危獸角。《哀江南》
鳳將九子，龍導五駒。《文木》
冑落魚門，兵填馬窟。《哀江南》
壇羅虺蜮，階鬬麏鼯。《蕪城》
水毒秦涇，山高趙陘。《哀江南》
月入歌扇，花承節鼓。庾《春》
火入空心，膏流斷節。《枯樹》
草銜長帶，桐垂細乳。《華林園馬射》
館圖明月，室畫浮雲。《麗色》
琴號珠柱，書名玉杯。《小園》
著名聚雪，卦有密雲。《讀易》

周含鄭怒，楚結秦冤。《哀江南》

燕噪吴王，烏驚御史。庾《鏡》

影來池裏，花落衫中。庾《春》

龍垂匣外，鳳倚花中。庾《鏡》

相兼二八，將猛四七。《魏都》

志淩九州，勢越四海。《七命》

體該衆妙，德備五靈。《儀鳳》

體散玄風，神陶妙象。庾《閒居》

名高西漢，禮盛東蕃。《延賓》〔七〕

韵起西國，響流東都。《横吹》

文懸日月，思革風塵。《雲堂》

文攀淵卿，史類遷固。《傷友人》

土成黼黻，木化蛟螭。《新宫》

世變市朝，年移陵谷。《竹杖》
里爲冠蓋，門成鄒魯。《哀江南》
君居淄右，妾家河陽。《别》
内撫諸夏，外綏百蠻。《東都》
前批猛獸，後拉黄羆。《七歡》
左騂雄戟，右攢干將。《征天山》
旦刷幽燕，晝秣荆越。《赭白馬》
俯出沉鮪，仰落歸鴻。《七徵》
進麾八老，退拂四童〔八〕。《水仙》
來脱薄妝，去留餘膩。《麗人》
飢噏晨風，渴飲朝露。《蟬》
階無玉璧，户不金鋪。《華林園馬射》
風無少女，草不宜男。《傷心》

態有餘妍，貌無停趣。《舞鶴》

別雖一緒，事乃萬出〔九〕。《別》

鳥多閒暇，花隨四時。《小園》

此類如『雲纏海岱』數聯是雄傑語，『葉斷禽踪』數聯是幽秀語，『鏡帶湖沼』數聯是穠麗語，『殿狎江鷗』數聯是整飭語，至『内』『外』、『前』『後』等聯則古賦之常調耳。○庾信佳句美不勝收，再如此類之『燕噪吴王』聯尚新，『影來池裏』聯尚自然。○唐夏方慶《天晴景星見賦》：『雲斂遥素，天澄遠青。』李嶠《楚望賦》：『月臨城曉，風送邊秋。』丁春澤《日觀賦》：『氣亂山燒，光分水花。』三聯均清妙。又杜顔《灞橋賦》：『電透孤棹，雷奔衆車。』張何《蜀江春日文君濯錦賦》：『青爲禁柳，紅作宫花。』二聯能自造句，亦子山之流矣。○國朝端木國瑚《定香亭》兩賦，善用短句，千錘百鍊，清雋異常，兹於各類中所收頗多，句云：『神清藻思，氣馥蘭言。』〔一〇〕『碧抱吟蟬，香披幺鳳。』『紅飛蕉鼠，緑放荷黿。』『翠點盆秋，香生瓶夕。』『梨趁香山，梅招水部。』『竹量笛料，桐酌琴規。』『人夢湘雲，客吟池草。』

錬第三字句

碧巖無霧，緑水不風。《水仙》

空居無俗，素館何塵。張《海》

朝春挺葩，夕霞抱月。夏侯《禊》

水影摇日，花光照林。《象戲》

月露澄曉，風柳悲暮。《悔》

文星亂石，藻日流階。《八公山》

寶波麗水，華峰艷山。《空青》

縹枝承露，緗箬來風。《竹花》

風臺累翼，月榭重栖。《郊居》

明藕移玉，清蓮代金。張《海》

玄蛤抱璣，駮蚌含璫。《齊都》

麝火埋朱，蘭烟毀黑。《博山香爐》

塵閈撲地，歌吹沸天。《蕪城》

鐘鼓振地，埃塵漲天〔一一〕。《華林園馬射》

涼沙振野，箕風動天。《舞鶴》

窮陰匝野〔一二〕，平蕪帶天。《去故鄉》

悲商叩林，白雲依山。《閒情》

飛霜迎節，高風送秋。《七命》

凍雨灑塵，涼陰滿室。《卧疾》

丹霞横景，文虹竟天。《陽春》

金波照户，玉露暖天〔一三〕。《麗色》

高岸乳鳥，横門産魚。張《海》

飢鷹厲吻，寒鴟嚇雛。《蕪城》

楚雀多名，流鶯雜響〔一四〕。《郊居》

哀鵠唳暮，愁猿啼曉〔一五〕。何《華林清暑殿》

層樓竦閣，連棟結階。《趙都》

緑苔生閣，芳塵凝榭。謝《月》

蘭膏馥氣，芬炷擎心。《列燈》

落花入領，微風動裾。《麗人》

飛軒引鳳，游軿駕鴻。《水仙》

澤葵依井，荒葛罥塗。《蕪城》

長楊映沼，芳枳樹籬〔一六〕。潘《閒居》

青松冠谷，赤蘿繡嶺。《蜜蜂》

嘉木樹庭，芳草如積。《西京》

隴樹饒風，胡天少色。《阻歸》

綠葵含露，白薤負霜。潘《閒居》
喬枝拂日，墜石堆星。《郊居》
網絲挂墻，綵螢繞梁。《麗色》
緗萼挺蔕，金芽承蕤。張協《安石榴》
方疏含秀，圓井吐葩。《七命》
新莖擢潤，膏葉垂腴。《河陽庭前安石榴》
柔風麗景，晴雲積暉。張《海》
天英偏華，日色盈秀。張《海》
琳琅曳風，瓊玖泣雨〔一七〕。《天竹》
珊瑚開績，瑠璃竦華。張《海》
河湄薙草，渭口燒泉〔一八〕。《華林園馬射》
綠炬懷翠，朱燭含丹。簡文《對燭》

玄朱互綵，緑紫相華。張《海》

盼睞生姿，動容多致〔一九〕。《擣素》

玄鳥司歷，蒼龍御行。《華林園馬射》

紫燕駢衡，緑蛇衛轂。《赭白馬》

白虎鼓瑟，蒼龍吹篪。《西京》

陰虯負檐〔二〇〕，陽馬承阿。《七命》

玉律調鐘，金錞節鼓。《華林園馬射》

雲紀御官，鳥司從職。《華林園馬射》

熊耳刻杯，飛雲畫罍。《華林園馬射》

龍圖授義，龜書畀姒。《東京》

玉關寄書，章臺留劍〔二一〕。《竹杖》

屬車醴酒，複道焚香。《華林園馬射》

五輅鳴鑾，九旗揚旆。《藉田》
三辰燭曜，五緯重光。《天地》
千流共歸，萬嶺分狀。張《南征》
雙瞳夾鏡，兩權協月。《赭白馬》
水神遭箭，山靈見鞭。《哀江南》
孤臣危涕，孽子墜心。《恨》
劍客慙恩，少年報士。《别》
青娥羞艷〔二三〕，素女慚光。《水上神》
甘羅乘軫，子奇剖符。《白髮》
夔襄薦法，般倕騁神。嵇《琴》
窈窕名燕，逶迤姓秦。庾《七夕》
經行藉草，宴坐臨渠。《修心》
天道斯慈，人倫此愛。《傷心》

年華未暮，客思先秋〔一三〕。《竹杖》

此類首二聯句中上品，虚字錬得好，較實字爲有味也。『朝春挺葩』三聯亦在諸聯之上。『文星亂石』『明藕移玉』等聯，雖乏古致而能設色於第一、第四兩字，亦麗以則。『皓鶴白鷴』以下，『龍圖授義』『水神遭箭』二聯尚錬。○『孤臣』二句，李善《文選》注云：『心當云危，涕當云墜，江氏愛奇，故互文以見義。』○方疏『圓井』『陰蚪』『陽馬』等句，以『方』『圓』、『陰』『陽』字對舉，古賦本色，與『羽族』『毛宗』、『柔條』『剛甲』、『雄蛟』『雌虺』同。○唐王勃《九成宫東臺山池》之『花鳥縈紅，蘋魚漾碧』『雪芝獻液，露菊傾津』、《游廟山》之『林壑逢地，烟霞失時』〔一四〕，盧照鄰《秋霖》之『金河別雁，銅柱辭鳶』，高郢《沙洲獨鳥》之『鴻志非燕，鶴群豈雞』，鄭録《初月》之『暗鵲驚夜，寒蛩送秋』，白居易《洛川晴望》之『遠水澄碧，群山結青』，無名氏《七夕》之『蚪水移箭，魚關驚鑰』等聯，設色均濃至，而『金河』『鴻志』兩聯句法尤峭。近人程祥棟《秋柳賦》有『遠水微碧，斜陽不紅』聯，上句從白句出，易一字，便有風韵，是蓋以虚字勝矣。明王世貞《愁賦》『四候辭春，兩儀偏夜』『明月含波，春花欲霰』亦新。○端木國瑚《定香亭賦》云：『疏陰碎地，密翠浮天。』『昏黄貯月，深碧流烟。』〔二五〕『竹裡留嵇，花間住杜。』『安石寄閒，歐陽愛古。』『明月共壺，清風接麈。』『花氣醉魚，沙痕篆鳥。』『岫雲吐青，峰月窺白。』『蕉額纔方，松身只尺。』

鍊第四字句

閨中風暖，陌上草薰。《别》

桐間露落，柳下風來。《小園》

秦中水黑，關上泥青。《哀江南》

陽葉春青，陰條秋緑。《七命》

冤霜夏零，憤泉秋沸。《哀江南》

春風夕來，秋日晨映。《園葵》

猿蜼晝吟，鼯鼠夜叫。《長笛》

挂猿朝落，飢鼠夜吟。《修心》

隴葉夜黄，關雲曉伏。簡文《箏》

沴氣朝浮，妖精夜殞。《哀江南》

濁醪夕引，素琴晨張。《恨》

丹脣外朗，皓齒内鮮。《洛神》

清濁外暢，甘旨内遒。《蒲萄》

青雀西飛，别鶴東翔。蔡《琴》

春牖左開，秋窗右豁。《玄武館》

皇恩下降，休氣上翔。《朝會》

千乘雷駭，萬騎星鋪。《洛都》

寶鉸星纏，鏤章雲布〔二六〕。《赭白馬》

霜鍔水凝，冰刃露潔。《七命》

翠觀岑青，雕閣雲連〔二七〕。《七命》

蘭肴山竦，椒酒淵流〔二八〕。《章華》
朱幔虹舒，翠幕蜺連。《洛禊》
雄聲泉涌，逸氣風亮。張《南征》
溟海天迴，江湖雲蕩。王《風》
氣序環周，人生萍浮〔二九〕。《宴喜》
輶車霆激〔三〇〕，驍騎電騖。《東都》
賄貨山積，纖麗星繁。左《蜀都》
紛紜雪亂，混沌雲頹。《蜜蜂》
陸離暈漸，容裔鴻軒。《赤鸚鵡》
徘徊鶴翔，差池燕起。梁武《圍棋》
獸門象逸，魚路鯨奔。張《海》
北闕龍吟，東陵麟鬬。《哀江南》

方塘水白，釣渚池圓。《哀江南》
舟楫路窮，風飈道阻。《哀江南》
雞心日映，羊角風吹。《棗》
皂轅林駕，蘭枻水嬉。《郊居》
金石類聚，絲竹群分。《章華》
隼翼鷃披，虎威狐假。《哀江南》

此類首二聯輕逸。『陽葉春青』等聯，第三字用四時四方等字，古賦習見。『千乘雷駭』等聯是比體，頗鍊，張協《七命》中多此句法，與下鍊一四字類通看。庾信《哀江南賦》『北闕龍吟』三聯均六朝罕見之句。○唐王勃《九成宫東臺山池賦》：『複道烟迴，攢溪霧錯。』〔三一〕《游廟山賦》：『菌軒丹紇，芝埸翠密。』李嶠《楚望賦》：『漢塞鴻度，吴宫燕還。』杜甫《朝獻太清宫賦》：『愁陰鬼嘯，落日梟嘘。』張何《蜀江春日文君濯錦賦》〔三二〕：『雁橋風暖，犀浦日新。』〔三三〕黄滔《秋色賦》：『隋堤青恨，吴嶺緑愁。』均穠艷。近人有『石角苔古，山根翳黏』『紅雨花落，青山闌排』『艫鄉風透，鶴澗雲棲』

『樓臺日麗，楊柳烟多』『陽春愛多，明月愁小』『屐痕紅入，旗影青摇』『黄葉烟疏，蒼苔月空』『筆花夢驚，墨藻心醉』『醉醒神適，夢覺意融』『梨雲夢醒，竹月吟起』『吟邊秋早，畫裡聲無』之聯亦得力於此，此類與下鍊二四字類宜善選韵。○凡鍊短句，腰脚俱平者，第三字必仄；腰脚俱仄者，第三字必平。看『石角』『紅雨』等聯自悉。

鍊一三字句

攢嬌動葉，促囀縈枝。《反舌》

飾聲成文，雕音作蔚。《鼓吹》

編茅樹基，採椽成宇。宋孝武帝《華林清暑殿》

中天起浪，分地瀉波。《水仙》

收霞斂色，迴飈拂渚。《江妃》

將雛集鳳，比翼巢鴛。《枯樹》

長鳴挑戰〔三四〕，鼓翼專場。《鶡》

仰鵠推高，瞻隼憚威。《野凫》〔三五〕

伏麟潰綵〔三六〕，昇鴿洗文。張《海》

飛閼溢繡，流浦照文。張《海》

積珍全遠，架寶諭深。張《海》

即雲似嶺，望水若天。《東征》

坐帳無鶴，支牀有龜。《小園》

屑骨不憐，抵金誰悋〔三七〕。《倡婦自悲》

處悴而榮，在幽彌顯。《河陽庭前安石榴》

靡聞而驚，無見自鷩。《射雉》

如影滅地，猶星賈天〔三八〕。《傷逝》

此類首二聯較諸聯精鍊。『坐帳無鶴』聯得力在『有』『無』字。○唐鄭維谷《古石賦》云：『據谷成虎，臨池作龍。』周鍼《登吴岳賦》云：『疊巘攢壁，迴岩列屏。』杜甫《雕賦》云：『降精于金，立骨如鐵。』喬潭《秋晴曲江望太乙納歸雲賦》云：『迴日猶重，因風則飛。』陸龜蒙《中酒賦》云：『欲倚還眠，將詞又默。』王棨《江南春賦》云：『有地皆秀，無枝不春。』〔三九〕句法各不相襲。國朝吴綺《燕子賦》：『留鶯學語，共蜨争香。』尤侗《亦園賦》：『卧紅爲席，采緑成衣。』吴錫麒《春陰賦》：『吹淡逾濃，看朱成碧。』《采菱賦》：『回頭愈媚，轉步還慵。』顧元熙《廣寒宫賦》：『有城不夜，未風已秋。』亦有思致。

鍊二四字句

情長響怨，意滿聲多。簡文《箏》

腕凝紗薄，佩重行遲。簡文《箏》

氣開地震，聲動天發。張《海》

寒生色淺，露染光沈。《列燈》

路直城遥，林長騎遠。《華林園馬射》

鳥囀歌來，花濃雪聚。《華林園馬射》

月落桂垂，星斜柳墜。《象戲》

階伺禽飛[四〇]，窗高月度。《還林》

日映花靡，風動枝輕。《修竹》

光清寒入，燄暗風過。庾《對燭》

霜風色古，露染斑深。邱《竹杖》

節竪山連，文横水蹙。《枯樹》

木落南翔，冰泮北徂。左《蜀都》

静因虚來，動率化往。庾《閒居》

雲隨竹動，月共水明。《夜亭度雁》

烽隨星落，書逐鳶飛。《哀江南》

鵬爲羽傑，鯤稱介豪。《望海》

稠必昴萃[四一]，約實箕張。《書》

酒以罍行，餚由鼎進。《華林園馬射》

此類與下鍊二三字類，字字折，字字鍊，立意選言最關力量，而此類尤爲庾信、梁簡文帝絶技。○唐太宗《小山賦》之『松新翠薄，桂小丹輕』、王勃《九成宮東臺山池賦》之『峰深夜久，潭静秋新』、杜甫《雕賦》之『雪沍山陰，冰纏樹死』、司空圖《春愁賦》之『林幽鶯弔，院古苔新』、明湯顯祖《池上四時圖賦》之『草香蝶舞，花明鳥歌』，俱得其妙。○吴錫麒《寒鴉》云：『黄携雛小，翠刷翎單。』《采菱》云：『雲飄錦怨，露碎珠啼。』顧元熙《擬枯樹》云：『枳原橘化，李代桃僵。』《蘭亭修禊》云：『烟薄花濃，鳥喧人静。』端木國瑚《定香亭》云：『碧淺楹低，緑沈屏凸。』『雨白荷秋，烟黄竹曉。』『池容鷺漁，林借鶯乳。』『花垂雲曲，柳搭烟齊。』『秋暖虫宜，春寒花惱。』『雨到緑生，風來紅掃。』俱工雅。

鍊一四句

當静泉渟，遇躁風驚。《尺蠖》

指會矩翔，臨歧規步。《舞鶴》

舉戈林竦，揮鋒電滅。《七命》

戢翼鷹峙，延頸鵠望。《螳螂》

鼓鬣風生，怒目電瞛。《七命》

盤渦谷轉，凌濤山頹。《江》

飛鉛雪落〔四二〕，頹鬟雲垂。《觀舞》

此類首一聯與他聯少别。○唐趙蕃《月中桂樹賦》『謂扇花薄，如珪玷浮』聯句鏖而峭。鄭維忠《古石賦》『開壇竹聳，抱劍松抽』聯不用比體，自然雅鍊。○國朝羅傳球有『買春春香，賞夏夏凉』之語，尖穎。

鍊一二字句

競動天關，争迴地軸。《哀江南》

旁映文楹，仰暉丹桷。《蠟燈》

能横却月，巧挂迴風。庾《鏡》
競學生情，争憐今世。庾《鏡》
旅浴清深，朋翻迴曠。《天淵水鳥》
洞開春牖，四卷羅幃〔四三〕。《梅花》
坐視帶長，轉看腰細。《蕩婦秋思》
時排荇帶〔四四〕，乍拂菱花。簡文《鴛鴦》
暫游萬里，少別千年。《别》
本住南城，經居東里〔四五〕。簡文《箏》
無復珠唇〔四六〕，纔餘眉萼。庾《鏡》
尚帶流星，猶乘奔電。《華林園馬射》
未能採葛，還成食薇。《枯樹》
未設桑弧，先空栢館。《傷心》

乃撞金鐘，爰伐雷鼓。《浮淮》

不識晦朔，無意春秋。《蜉蝣》

既傷摇落，彌嗟變衰。《枯樹》

若扣洪鐘，如懸明鏡。《象戲》

此類如『競動天關』等聯首二字一字一鍊，『時排荇帶』等聯雖尋常虚字，順遞而下，然亦未可輕下筆也。學者遇此等字或過老實，或傷率易，未知此中甘苦。近人李元度《賦學》正鵠於虚字，要緊處特密圈標出之，最利初學。○唐黄滔《秋色賦》『愈碧吴山，偏清漢水』聯何等峭蒨？國朝李隆萼《瀟湘春曉》之『難醒楊柳，易惱篔簹』學黄句也。若顧元熙《花鑰》之『細摇鳥夢，深護花魂』、《樵斧》之『倦枕松雲，飢餐花雨』，字字幽雅，較古人工而密矣。○吴振棫《落花賦》『無端流水，何處斜陽』二句却有神韵。

鍊二三字句

苔滑臨水，石險帶溪。《赤虹》

路險悲秦，道難怨蜀。孫氏《箜篌》

山横蹴浪，風倒摧波。張《海》

荇濕沾衫，菱長繞釧。《采蓮》

鳥驚觸絲，獸駭值鋒。《西都》

香添然蜜，氣雜燒蘭。庾《燈》

雉翥成霞，鴻飛起雪。張《海》

芳踰散麝，色茂開蓮。《麗人》

馬噴沾衣，塵驚灑面。《華林園馬射》

身重若金，爪剛於鐵〔四七〕。魏《鷹》

獸馳厥足，鳥矯其翼。孫《鷹》

雪暗如沙，冰横似岸。《哀江南》

螢已引桂，蛾欲辭蘭〔四八〕。江《燈》

心經於則，木相其容。《書》

此類句無不工，而以首四聯爲更鏤錯精妍。○兩《鷹賦》二聯頗健。○吴錫麒《寒鴉賦》：『風行有聲，日薄無色。』《秋聲賦》：『露下如滴，烟流亦聲。』顧元熙《闌干賦》：『月流有聲，霞來無迹。』李隆蕚《竹露賦》：『翠滴如潑，青流亦聲。』《湘靈鼓瑟賦》：『江流亦聲，嶽色異狀。』程祥棟《虹橋秋柳賦》：『露泣無聲，烟扶不起。』六聯字句意匠各殊。又尤侗《落花賦》：『憨如欲笑，弱不勝憐。』陳沆《盤山賦》：『雪有奇態，烟無定容。』程祥棟《杏花春雨江南賦》：『塵紅如海，水碧於油。』亦有風調。

錬三四字句

白日照餘，碧雲卷半。《赤虹》

孤嶝横插，洞穴斜經。《郊居》

瓊鈎半上，若木全低。庾《燈》

高膺峭跱，雙翅齊平。《鬬雞》

豺牙密厲，虺毒潛吹。《哀江南》
沈雷遠震，飛雨輕灑。《園葵》
奇調間發，美態孤生。簡文《箏》
眠龍旁繞，倒鳳雙安。簡文《對燭》
陰渠洞出，邊澮旁開。《臨川》
庭鶴雙舞，檐鳥獨赴。《悔》
長條四布，密葉重陰。《李》
明金亂雜，細寶交陳。《眼明囊》
洞庭始波，木葉微脱。謝《月》
傾柯遠擢，沈根下盤。張協《安石榴》
晨火西流〔四九〕，秋風厲起。《鴻雁》
青春欲暮，白雲來遲。邱《竹杖》
紺穗初嫩〔五〇〕，赬蘭始滋。《麗色》

開屏易疊，捲簾難扳。劉《鏡》

凉夜自淒，風篁成韵。謝《月》

白楊早落，塞草前衰。《蕪城》

流蓬不息，明月孤懸。沈《高松》

增雲不起〔五一〕，流風斂聲。張《海》

孤蓬自振，驚沙坐飛。《蕪城》

蘭音未吐，紅顔若暉。《江妃》

風雲不感，羈旅無歸。《枯樹》

柔條爰秀〔五二〕，剛甲以解。《園葵》

流歲遂遠，慘節方崇。《野鵝》

九龍將暝，三爵行棲。庾《燈》

王讚既工，阮賦亦奇。簡文《箏》

鬢齊故略，眉平猶剃。庾《鏡》

髮亂難持，簪低易捧。簡文《舞》

浮輕善移，勢危易盪。《浮萍》

此類佳句以『洞庭始波』『青春欲暮』二聯爲最超妙，與鍊第三字類參看。○唐李白《擬恨賦》：『春草罷緑，秋螢亂飛。』張河《蜀江春日文君濯錦賦》：『晚景彌秀，晴江轉春。』二聯漸近自然。又黄滔《送君南浦》『夢去不到，書來豈常』聯從『髮亂難持』聯出，亦佳。○吴錫麒《鶯脰湖觀漁》『幾鷗白處，數樹紅邊』、顧元熙《酒旗》『榆烟白處，杏火紅間』『梨花香後，燕子飛時』等聯皆『白日照餘』聯句法。朱瑞榕《摩詰輞川》『著書乃爾，積雨如何』聯，雅韵欲流，虚字之力也。

四字俱實句

一二朋友[五三]，數四才英。《應詔語》

九棘龐眉，三槐暮齒。《竹杖》

六郡良家，五陵豪選。《華林園馬射》
一朝風燭，萬古塵埃。《傷心》
亭梧百尺，階筠萬丈。《吴城》
落葉半牀，狂花滿屋。《小園》
燋麥兩甕，寒菜一畦。《小園》
驪駕四鹿，芝蓋九葩。《西京》
洛下七賢，湘濱二女。《竹花》
山川萬象〔五四〕，丹青四變。《空青》
玉花簟上，金蓮帳裡。庾《鏡》
笙歌畹右，琴儛池東。《麗色》
錦繡襄邑，羅綺朝歌。《魏都》
芙蓉玉盌，蓮子金杯。庾《春》
白鹿貞松，青牛文梓。《枯樹》

連珠細菌，長柄寒匏。《小園》
新芽竹筍，細核楊梅。庾《春》
後簷丹柰，前軒碧桐。《麗色》
新歌子夜，舊舞前溪。《蕩子》
常年桂苑，昔日蘭闈。《蕩子》
元木北幹，素樹西枝。魏文《彈棋》
下江餘城，長林故壘〔五五〕。《哀江南》
江東鮐鮑，隴西牛羊。左《蜀都》
春塘秀色，陽鳥好音。《青苔》
江漢英靈，荊衡杞梓。《竹杖》
齊景牛山，荊卿燕市。《泣》
潘岳秋興，嵇生倦游。《竹杖》
春草碧色，春水緑波〔五六〕。《别》

西骨秦氣，北質燕聲。《横吹》

此類句法整麗爲先，而『落葉半牀』『春草碧色』又復别饒雋逸，非易到之境也。○唐王勃《九成宫東臺山池賦》『金石千聲，雲霞五色』、徐安貞《喜雨賦》『八水青田，千門紫極』、李白《愁陽春賦》『隴水秦聲，江猿巴吟』『明妃玉塞，楚客楓林』、王棨《江南春賦》『鷗嶼殘照，漁家晚烟』、皇甫松《大隱賦》『白鷗兩岸，青莎一牀』、李子卿《駕幸九成宫賦》『渭水烟波，岐山雲物』等聯圓潤〔五七〕。○吴綺『春事興衰，夕陽今古』、吴錫麒『流水三生，春風一度』『斜陽此地，風景當年』、程祥棟『一橋南北，兩岸西東』俱鍊而逸。○有用此等句於起筆者。沈學沅《杏花春雨江南》云：『二月風光，六朝烟景。』祁顧元熙《蘭亭修禊》云：『衣冠晋代，桃李春風。』《樵斧》云：『古木寒色，空山遠音。』祁寯藻《黄金臺》云：『霸圖千古，天府一方。』李隆蕚《黄石公授張良兵書》云：『尚父陰謀，仙人寶軸。』張敦毓《項莊舞劍》云：『席上干戈，樽前鷸蚌。』陸潤章《吴采鸞寫唐韵》云：『上界名姝，仙寰文運。』陸惟馨《桃花顔色好如馬》云：『一鞭春色，十里晴皋。』端木國瑚《定香亭》云：『謝公水月，杜老乾坤。』夏思沺《關盼樓》云：『一生名節，千古閨怨。』戴守曾《元夜奪崑崙》云：『月下笙歌，樽前鋒鏑。』鑄語渾成，全題在握。

叠字句

熒熒内曜，芬芬外揚。《銅博山香爐》
爰爰兔發，翻翻隼集。《投壺》
笑笑移妍，步步生芳。《擣素》
稜稜霜氣，蔌蔌風威。《蕪城》
濛濛緑水，裊裊青衫。《麗色》
茫茫積水，陵陵斷山。《去故鄉》
習習冠蓋，莘莘烝徒。《魏都》
玄蔭眈眈，青流亹亹〔五八〕。《吴都》
元泉落落，密蔭沈沈。《終南山》
弱莖猗猗，緑葉冉冉。《長生樹》

初若飄飄，後遂霏霏。《西京》

萋萋翼翼，沃沃油油。《園葵》

肅肅習習，隱隱轔轔。《東京》

磊磊落落，砰砰訇訇。《雷》

十十五五，忽合忽散〔五九〕。《學梁王菟園》

元元本本，殫見洽聞。《西都》

焱焱炎炎，揚光飛文。《東都》

混混洋洋，載清載潤〔六〇〕。《神泉》

紛紛駁駁，星分雹落。《餅》

洶洶旭旭，天動地岋。揚《羽獵》

淫淫奕奕，交錯往來。《蚍蜉》

沈沈隱隱，砰磅訇磕。《上林》

此類句法須善用之，不然腐也。連叠八字，起筆最宜，『十十五五』等聯與下就句對類『或耘或耔』等聯，似對非對，起結處尚宜用之，故亦附焉。○唐黄滔『如燕人人，雕龍字字』及近人『江山處處，風月年年』『雁奴宿宿，魚妾家家』『樹樹如浮，帆帆相屬』之聯叠實字也，顔色、禽獸、數目等字能叠用之，亦新。

駢字句

軼越三家，馳騁五帝。《廣成》
斷絶百意，繚繞萬情。《横吹》
掎拔五岳，竭涸九州。木《海》
縈紆雙轉，芬馥一房。《舞影》
葳蕤繡蕩，嫕娟緑筒。《竹花》
陸離羽佩，雜錯花鈿。《麗人》
參差黛色，陸離紺影。《靈邱竹》

游閒公子，暇豫王孫。《長笛》
沈淪窮巷，蕪没荆扉。《枯樹》
凌轢諸侯，馳驅當世。《七啓》
山條偃蹇，水葉浸淫。《修心》
峰勢縱横，岫形參錯。張《海》
鮮光皎粲，麗采繁盈。《雉》
雲屏爛汗，瓊壁青葱。《七命》
明窗列布，綺井肅嶷。卞《許昌宫》
喜園迢遞，樂樹扶疏。《修心》
憂榦扶疏，悲條鬱結。《竹杖》
荃橈往來，芰蓋經過。《還林》
燕將恐懼，漢帝咄嗟。《應詔語》
垂雲頡頏〔六一〕，隨波澹淡。《西征》

合道翱翔，與時變化。《顯志》

五光徘徊，十色迷離[六二]。《麗色》

色顔憔悴[六三]，形容枯槁。《漁父》

神儀嫵媚，舉止詳妍。《閑情》

山岳崩頽，春秋迭代。《哀江南》

輿輦雜沓，冠帶混並。左《蜀都》

島嶼蒼茫，風霜蕭散。張《南征》

金翠的皪，緗綺參差。《觀舞》

鐘鼓鏗鍧，管絃燁煜。《東都》

熊彪顧盼，魚龍起伏。《枯樹》

根柢盤魄，山巖表裡[六四]。《枯樹》

朝野歡娱，池臺鐘鼓。《哀江南》

出入風霞，游息雲露。《還林》

澡練精神，呼吸清虚。《讀書》

脱略公卿，跌宕文史。《恨》

卷揚江海，迴拔陵嶠。江《風》

沾漬鋒鏑，脂膏原野。《哀江南》

寢處風雲，憑棲水月。《修心》

布濩河洛，縱横齊秦。盧《菊花》〔六五〕

猶豫樞機，嫌疑涇渭。《象戲》

嬉游高峻，栖跱幽深。禰《鸚鵡》

潰淪隱轔，崩騰磊落。《雷》

芳温往來，便娟顧盼〔六六〕。《梁王兔園》

東西南北，馳騖往來。《上林》

此類以『朝野歡娱』等聯虚實俱駢爲上。唐盧照鄰《秋霖賦》云：『坐卧珠璧，左右

『喜園憂幹』二聯加喜樂憂悲於園樹幹條上，是亦鍊字、鍊句法也。○國朝陳沆《盤山賦》：『玲瓏古青，刻畫天碧。』『桃雀聰明，松鼷狡獪。』有奇致。又有用之起聯者，陸潤章《謝小娥受戒》云：『瓶鉢生涯，裙釵智慧。』俞嗣勳《龍虎榜》云：『風雲際會，文字因緣。』徐軝《班昭續漢書》云：『千古風流，一門著作。』慮周藻密，律賦第一要緊關頭。

羅紈。』尚佳。今人用者多也。《詩經》駢字多雙聲疊韵，描形寫意，最易肖題。○

就句對句

瓊池玉壑，珠岫珂岑。張《海》

蠋繡鴦錦，蓮藻芰文。《文木》

青琴碧玉，絳樹緑珠。《玄覽》

蕙心紈質，玉貌絳唇。《蕪城》

丹楹縹壁，紫柱虹梁。《七舉》

雕楹玉碣，繡栭雲楣。《西京》

左平右墄〔六七〕，青瑣丹墀。《西京》
月榭風臺，池平樹古。《哀江南》
翠黼翬裳，纖穀文袿。揚《神女》〔六八〕
春卵夏筍，秋韭冬菁。《南都》
甘蔗辛薑，陽蓝陰敷。左《蜀都》
貫鰓罒尾，掣三牽兩。《西征》
溝東陌西，行三畦兩。《園葵》
分宮析徵，萬矩千規。《反舌》
重葩纍繡，沓璧連璋。《屏風》
木神水怪，海若山祇。《新宮》
摘芬拾蕊〔六九〕，含詠吐詞。《麗色》
帶華蹈縹，披紫垂丹。《齊都》

抱杜含鄠，欱灃吐鎬。《西京》
控清引濁，混濤並瀨。《吴都》
攢柯挐莖，重葩晻葉。《吴都》
垂羅曳錦，鳴瑶動翠。《麗人》
吐焰生風，欱野歕山。《東都》
哄日吐霞，吞河漱月。張《海》
牽情恃恩，懷嬌妬寵。簡文《舞》
峻調迴韵，惠志聰情。《傷友人》
引新吐故，雲飲霞餐〔七〇〕。《列仙》
星迴日運，鳳舉龍驤。《髑髏》
風嘷雨嘯，昏見晨趨。《蕪城》
夏始春餘，葉嫩花初。《采蓮》
鳥封魚斂，河凝海結。《麗色》

根荑條茂，蹟曠心冲。袁《桐》

苔埋菌壓，鳥剥虫穿。《枯樹》

冰鮮玉潤，髓滑蘭香。《蜜蜂》

肌平理暢，瓊澤冰鮮。《扇》

晞高慕古，長想遠思。《嘯》

出暗入光，含羞影媚[七一]。《麗人》

窮嬉極娱，雲翱烟翔。《學梁王菟園》

紛披蓊鬱，吐緑攢朱。《郊居》

檀欒蟬娟，玉潤碧鮮。《吴都》

閈庭詭異，門千户萬。《西京》

翻光轉采，出没摇漾。張《南征》

宗生族攢，俊茂豐美。揚《蜀都》

瓊碎星流，精練清越。《冰》

十里五里，長亭短亭。《哀江南》

從官非官，歸田不田。《傷心》

非銀非珠〔七二〕，無藻無縟。江《燈》

照胆照心，難逢難值。庾《鏡》

縱志縱心，以游以逸。《宴喜》

有光有艷，如合如離。《麗色》

或蹶或啄，時行時止。《射雉》

有卉有木。爲灌爲叢。張《海》

不塤不篪，匪琴匪瑟〔七三〕。《擣素》

或耘或耔，霑體露肌。《逐貧》

爰翔爰集，蓬轉飈迴。《蜜蜂》

乃羹乃瀹，堆鼎盈筐。《園葵》

雲升雷動，一叫一默。《東平》

霞駁雲蔚，若陰若陽。《魯靈光殿》

宏往納來，以宗以都。木《海》

趫悍虓豁，如虎如貙。《西京》

此類句法古賦最多，能如『瓊池玉壑』等聯之設色艷麗，亦律賦所貴。『十里五里』句法六朝固云無二，今則『一掩一重』『三眠三起』『春去春來』『花開花落』『輕寒輕暖』『閒恨閒愁』之句，無人不解用也，然用得愜當處，不即不離，自饒神韵，又未始非庾郎之遺則孔長爾。『從官非官』句法，唐人有用之者，國朝王家相《春陰賦》『若烟非烟，欲雨不雨』二句』寫景尚微細。○律賦又有『有客有客』『曰歸曰歸』句法，須用成語。

雜　句

謀於長者，操以從之。邱《竹杖》

悲不自勝，泣將何及。《哀江南》

赫乎扈扈，萋兮猗猗。《鬱金》

帥爾陰閉，霅然陽開。《甘泉》

寂然尸居，儼焉山立。《逸民》

吼若天開，闢如地裂。《雷》

熠若雲停〔七四〕，爛似星布。《百枝燈》

峙若蘩林，動如崩山〔七五〕。《校獵》

慨矣拙嘆，默焉析機。《詠》

蕭然忘覽，豁爾遺想。庾《閒居》

意如飢鷹，勢如逸虎。《鬬雞》

質如緗縟，文如素綦。《文鹿》

翩若驚鴻，宛若游龍。《洛神》

蔚若相如，皭若君平。左《蜀都》

惠風如薰〔七六〕，甘露如醴。《魏都》

青袍如草，白馬如練。《哀江南》

秋月如珪，秋露如珠〔七七〕。《别》

我倉如陵，我庾如坻〔七八〕。《藉田》

垂之和鐘，叔之離磬。《長笛》

望之天迴，即之雲昏。左《蜀都》

洞庭之鮒，灌水之鰩。《七依》

劉韜之母，任延之親。《傷心》

聞君之心〔七九〕，行君之意。《卜居》

如螭之蟠，如虬之停。何《景福殿》

周以龍興，秦以虎視。《西都》

氣以樂宣，德以詩教。《七命》

纓以金采，絡以翠藻。曹《笠篌》
緣以績繡，紩以綺文。《捭蒲》
簪以爲父，管以爲母。《箴》
可以和神，可以娛腸。《七啓》
將以養老，將以扶危。《竹杖》
桀紂以亂，湯武以賢。《智》
艾正而賤，蘭妖而珍。《艾》
動翼而逸，投足而安。《鷦鷯》
危冠而出，竦劍而趨。《吴都》
蕭然而起，寂爾而停。湛《風》
何闔而晦，何開而明。《天問》
韜於筒中，弱於羅紈。《吴都》
捐金於山，沉珠於淵。《東都》

並家於國，等朝於野。《逸民》

其釣非鍼，其餌非螾。《釣》

瑋其區域〔八〇〕，美其林藪。《吴都》

莫測其深，莫究其廣。《吴都》

仿佛共色〔八一〕，靉靆其形。木《海》

天澄其氣，日朗其精。《郊祀》

墜者若雨，僵者若坻〔八二〕。王《羽獵》

圓者中規，方者中矩。荀《雲》

焕乎郁郁，焜乎煌煌。張載《安石榴》

邈乎浩浩，漫乎洋洋。《五湖》

唳乎其音，翩乎其翔。《寒蟬》

或豐緑荑，或蕃丹椒。左《蜀都》

或宴於林，或禊於池〔八三〕。潘《閒居》
浩兮湯湯，鬱兮峨峨。嵇《琴》
湫兮如風，凄兮如雨。《高唐》
有鼈三足，有龜六眸。《江》
野有歸燕，隰有翔隼。潘《秋興》
尺有所短，寸有所長。《卜居》
柚梧有篁，篻簩有叢。《吴都》
栖無所滯，游無所盤。《鷦鷯》
上無逸飛，下無遺走。《西京》
南望無垠，北顧無鄂。《齊都》
檳榔無柯，椰葉無陰。《吴都》
無隰不灰，無坰不燹。《火》
獸不得狳，禽不得瞥。《廣成》

道胡不懷，化胡不柔。《東京》

雙則比目，片則王餘。《吴都》

晝則鳴嚾，夜則喤吟〔八四〕。《諫格虎》

失之則滅，得之則存。荀《雲》

其怨則黷，其盟則寒。左《蜀都》〔八五〕

水激則旱，矢激則遠。《鵩》

何所冬暖，何所夏寒。《天問》

交讓所植，蹲鴟所伏。左《蜀都》

碧爲雲氣，玉爲仙靈。江《燈》

天地爲爐，陰陽爲炭。《鵩》

青雲爲紛，紅蜺爲繯。揚《羽獵》

舉實爲秋，摛藻爲春。《七命》

濞焉洶洶，隱焉磕磕。《西都》

幹維焉繫，天極焉加。《天問》
焕然霧釋〔八六〕，霍然雲消。《大人》
在山峨峨，在水湯湯。傅《舞》
一經神怪，一緯人理。左《蜀都》
望山載奔，視水載赴〔八七〕。《七命》
冬日作寒，夏日作暑。荀《雲》
天顔惟穆，賓歌惟醉。《華林園馬射》
是託斯茂，是殖斯榮〔八八〕。《神泉》
乃相厥宇，乃立厥堂。《冢》
繁兹緑蕊，茂此翠莖。《芸香》
怨此懷抱〔八九〕，傷此秋期。《江燈》
昔濟我南，今振我西。趙《窮鳥》

節豈我名，潔豈我貞。《雪》

我行爾動，我静爾休。《逐貧》

此類如『謀於長者』二聯句法前無用者，自庾信始，尚覺流動，後人無可奈何，誰能遣此？『良有以也』『豈徒然哉』之語更全以虚字播弄也。『赫乎扈扈』等聯第二字以虚字間之，用於律賦，亦宜。餘皆古體，多奇峭句，唐人律賦用者不少，國朝名家間亦有之。

校勘記

〔一〕『銅』，《歷代賦彙》《漢魏六朝百三名家集》作『洞』。

〔二〕『江』，《江文通集彙注》《歷代賦彙》《漢魏六朝百三名家集》作『汀』。

〔三〕『牧犢』，《歷代賦彙》作『犢牧』。

〔四〕『團』，《歷代賦彙》作『溥』。

〔五〕『荷』，《江文通集彙注》《歷代賦彙》《漢魏六朝百三名家集》作『蓀』。

〔六〕『襪』，《歷代賦彙》《漢魏六朝百三名家集》作『韈』。

〔七〕此句實出隋薛道衡《宴喜賦》。

〔八〕『退』，《華陽陶隱居集》《歷代賦彙》《漢魏六朝百三名家集》作『顧』。

〔九〕『事乃萬出』，《江文通集彙注》《文選》《漢魏六朝百三名家集》作『事乃萬族』，《歷代賦彙》作『事有萬族』。

〔一〇〕『思』，《定香亭筆談》作『想』。

〔一一〕『鐘鼓振地，埃塵漲天』，《庾子山集注》作『鐘鼓震地，塵埃漲天』，《歷代賦彙》《漢魏六朝百三名家集》作『鐘鼓震地，埃塵漲天』。

〔一二〕『野』，《江文通集彙注》作『海』。

〔一三〕『暖』《江文通集彙注》作『曖』。

〔一四〕『鶯』，《歷代賦彙》《漢魏六朝百三名家集》作『嚶』。

〔一五〕『愁』，《歷代賦彙》《全上古三代秦漢詁國六朝文》作『悲』。

〔一六〕『樹』，《歷代賦彙》作『編』。

〔一七〕『瓊玖泣雨』，《歷代賦彙·草木卷》所收梁程晷《東天竺賦》作『瓊玫泫雨』，《歷代賦彙·

補遺卷》所收梁程督《天竹賦》作「瓊玖泫雨」。

〔一八〕「燒」，《庾子山集注》作「澆」。

〔一九〕「致」，《全上古三代秦漢三國六朝文》作「製」。

〔二〇〕「檜」，《歷代賦彙》作「楄」。

〔二一〕「劍」，《庾子山集注》作「釧」。

〔二二〕「娥」，《江文通集彙注》作「琴」。

〔二三〕「客思先秋」，《庾子山集注》《歷代賦彙》《漢魏六朝百三名家集》作「容貌先秋」。

〔二四〕此句實出王勃《玄武山賦》。

〔二五〕「貯」，《定香亭筆談》作「佇」。

〔二六〕「鏤章雲布」，《漢魏六朝百三名家集》作「縷章霞布」，《文選》《歷代賦彙》作「鏤章霞布」。

〔二七〕「雕閣雲連」，《文選》作「雕閣霞連」，《漢魏六朝百三名家集》作「彤閣霞連」，《全上古三代秦漢三國六朝文》作「彫閣霞連」。

〔二八〕「竦」，《歷代賦彙》作「聳」，「椒」《歷代賦彙》作「飲」。

〔二九〕「人生萍浮」，《全上古三代秦漢三國六朝文》作「人生若浮」。

〔三〇〕「輶」，《歷代賦彙》《漢魏六朝百三名家集》作「輕」。
〔三一〕「道」，《歷代賦彙》作「嶂」。
〔三二〕「蜀」，《歷代賦彙》作「濁」。
〔三三〕「日」，《歷代賦彙》《全唐文》作「花」。
〔三四〕「戰」，《歷代賦彙》《漢魏六朝百三名家集》作「敵」。
〔三五〕「鳧」，《歷代賦彙》作「鶩」。
〔三六〕「潰」，《歷代賦彙》《漢魏六朝百三名家集》作「漬」。
〔三七〕「抵金誰恡」，《江文通集彙注》作「擅金誰吝」。
〔三八〕「霣」，《歷代賦彙》作「隕」，《鮑照集校注》《漢魏六朝百三名家集》作「殞」。
〔三九〕「春」，《歷代賦彙》作「榮」。
〔四〇〕「伺」，《歷代賦彙》《漢魏六朝百三名家集》作「迥」。
〔四一〕「昴」，《歷代賦彙》作「昂」。
〔四二〕「鉛」，《歷代賦彙》作「鈿」。
〔四三〕「幃」，《漢魏六朝百三名家集》作「帷」。

〔四四〕『帶』，《歷代賦彙》《漢魏六朝百三名家集》作『蔕』。

〔四五〕『居』，《歷代賦彙》《漢魏六朝百三名家集》作『移』。

〔四六〕『珠唇』，《歷代賦彙》《漢魏六朝百三名家集》作『唇朱』。

〔四七〕『於』，《歷代賦彙》作『如』。

〔四八〕『螢已引桂，蛾欲辭蘭』，《漢魏六朝百三名家集》作『螢光别桂，蛾命辭蘭』，《歷代賦彙》作『螢光引桂，蛾命辭蘭』。

〔四九〕『晨』，《全上古三代秦漢三國六朝文》作『辰』。

〔五〇〕『穗』，《歷代賦彙》《漢魏六朝百三名家集》作『蕙』。

〔五一〕『起』，《歷代賦彙》《漢魏六朝百三名家集》作『氣』。

〔五二〕『條』，《鮑照集校注》《歷代賦彙》《漢魏六朝百三名家集》作『莩』。

〔五三〕『一二朋友』，《歷代賦彙》《全上古三代秦漢三國六朝文》作『二三朋好』。

〔五四〕『川』，《全上古三代秦漢三國六朝文》作『水』。

〔五五〕『壘』，《庾子山集注》《歷代賦彙》《漢魏六朝百三名家集》作『營』。

〔五六〕『緑』，《江文通集彙注》作『渌』。

〔五七〕『雲霞五色』，《歷代賦彙》作『雲霞萬色』。

〔五八〕『青』，《全上古三代秦漢三國六朝文三代秦漢三國六朝文》作『清』。

〔五九〕『忽合忽散』，《江文通集彙注》作『忽合而復散』。

〔六〇〕『潤』，《歷代賦彙》《漢魏六朝百三名家集》作『瀾』。

〔六一〕『垂』，《全上古三代秦漢三國六朝文》作『乘』。

〔六二〕『迷』，《江文通集彙注》《歷代賦彙》《漢魏六朝百三名家集》作『陸』。

〔六三〕『色顏』，《楚辭補注》作『顏色』。

〔六四〕『山巖』，《庾子山集注》《歷代賦彙》作『山崖』。

〔六五〕此句實出傅玄《菊賦》。

〔六六〕『芳温往來，便娟顧盼』，《歷代賦彙》作『芳温往來，便娟盼顧』，《全上古三代秦漢三國六朝文》作『便娟數顧，芳温往來』。

〔六七〕『左平右墄』，《歷代賦彙》《漢魏六朝百三名家集》作『右平左墄』。

〔六八〕此句實出楊修《神女賦》。

〔六九〕『芬』，《江义通集彙注》《歷代賦彙》《漢魏六朝百三名家集》作『芳』；『詞』《江文通集彙注》《歷代賦彙》《漢魏六朝百三名家集》作『辭』。

〔七〇〕『霞』，《歷代賦彙》《漢魏六朝百三名家集》作『露』。

〔七一〕『影』，《歷代賦彙》《漢魏六朝百三名家集》作『隱』。

〔七二〕『非銀非珠』，《歷代賦彙》《漢魏六朝百三名家集》作『非珠非銀』。

〔七三〕『匪琴匪瑟』，《全上古三代秦漢三國六朝文》《古文苑》作『匪瑟匪琴』。

〔七四〕『熠』，《歷代賦彙》作『曄』。

〔七五〕『峙若藂林，動如崩山』，《歷代賦彙》《漢魏六朝百三名家集》作『峙如叢林，動若奔山』。

〔七六〕『惠』，《歷代賦彙》作『蕙』。

〔七七〕『秋月如珪，秋露如珠』，《江文通集彙注》《歷代賦彙》《漢魏六朝百三名家集》作『秋露如珠，秋月如珪』。

〔七八〕『坻』，《歷代賦彙》《漢魏六朝百三名家集》作『坻』。

〔七九〕『聞』，《屈原集校注》作『用』。

〔八〇〕『瑋』，《歷代賦彙》作『偉』。

〔八一〕『仿佛共色』，《歷代賦彙》作『仿像其色』。

〔八二〕『坻』，《歷代賦彙》《漢魏六朝百三名家集》作『坻』。

〔八三〕『池』，《歷代賦彙》《漢魏六朝百三名家集》作『汜』。

〔八四〕『喤』，《全上古三代秦漢三國六朝文》作『嘷』。

〔八五〕此句實出庾信《哀江南賦》。

〔八六〕『釋』，《歷代賦彙》《漢魏六朝百三名家集》作『除』。

〔八七〕『水』，《漢魏六朝百三名家集》《全上古三代秦漢三國六朝文》作『林』。

〔八八〕『殖』，《歷代賦彙》作『植』。

〔八九〕『懷』，《江文通集彙注》《歷代賦彙》《漢魏六朝百三名家集》作『愁』。

卷二 長句上

綦江戴綸喆吉雙甫稿
及門諸子同校

用之字句 凡六類

一寸二寸之魚，三竿兩竿之竹。《小園》

圖雲刻雷之尊，漬桂釀花之酒。《宴喜》

雲氣芝英之簡，懸針倒薤之書。《玄覽》

陽春渌水之曲，對鳳迴鸞之舞。謝《月》〔一〕

耳熱眼花之娱，千金萬年之壽。簡文《箏》

排雲入漢之表〔二〕，含商觸徵之奇。簡文《箏》

吴蔡齊秦之聲，魚龍爵馬之玩。《蕪城》

馳騁秔稻之地，周流梨栗之林。《長楊》
釁緣山嶽之岊〔三〕，羃歷江海之流。《吴都》
咄嗟驪山之阜，惆悵灞陵之園。《魂歸》
布濩南池之陽，爛漫北樓之後。《郊居》
洛陽小苑之西，長安走馬之東〔四〕。元帝《春》
夏后瑶臺之上，周王元圃之前。《華林園馬射》
張公大谷之梨，梁侯烏椑之杮。潘《閒居》
蓬頭王霸之子，椎髻梁鴻之妻。《小園》
河北櫂歌之妹，江南采菱之女。江《芙蕖》〔五〕
南陽樊重之地，西漢王根之宅。《小園》
吐艷四照之牀〔六〕，舒榮五衢之路。《梅花》
誅茅宋玉之宅，穿徑臨江之府。《哀江南》

落帆黄鶴之浦，藏船鸚鵡之洲。《哀江南》

來風南軒之下，負雲北堂之垂[七]。《郊居》

開花建始之殿，落實睢陽之園。《枯樹》

吹簫弄玉之臺，鳴佩凌波之水。庾《春》

具曹象弭之威[八]，織文魚服之容。《横吹》

魚躍湘鄉之水，雁浮平固之湖。《石》

鼃言此地之寒，鶴訝今年之雪。《小園》

城崩杞婦之哭，竹染湘妃之淚。《哀江南》

碧出萇宏之血，鳥生杜宇之魂。左《蜀都》

魂上相思之樹，文生新錦之機[九]。元帝《鴛鴦》

妾怨迴文之錦，君思出塞之歌。《蕩婦秋思》

鬼同曹社之謀，人有秦庭之哭。《哀江南》

根帶千仞之谿，葉泣三危之露〔一〇〕。陸《琴》

南行赤水之符，北使玄山之策。《象戲》

馬麗千金之馬，符明六甲之符。《象戲》

不雪雁門之踦，先念鴻陸之遠。《小園》

屢動莊舄之吟，幾行魏顆之命。《小園》

徒思拑馬之秣，未見燒牛之兵。《哀江南》

新迴馬邑之兵，始罷龍城之戰。《華林園馬射》

即同酆水之朝，更是岐山之會。《華林園馬射》

並有山澤之靈，各入熊羆之夢。《傷心》

帳必藍田之寶，席必蒲萄之文。《麗色》

家有鹽泉之井，户有橘柚之園。左《蜀都》

草無忘憂之意，花無長樂之心。《小園》

飾以赤野之玉，文以紫山之金。《扇上綵畫》

崩於鉅鹿之沙，碎於長平之瓦。《哀江南》

集乎禮神之囿，登乎頌祇之堂。《甘泉》

奏陶唐氏之舞，聽葛天氏之歌。《上林》

此類如『一寸二寸之魚』聯，庾信得意句，沾溉後人不少。國朝孫原湘擬其賦，變爲『三三兩兩之蝶』『十十五五之花』，更新。即於句之上下加一字，如唐謝觀《誤筆成蠅賦》之『當似是似非之前，吾與點也；於一顧一眄之際，默而識之』、賈餗《太阿如秋水賦》之『千里萬里之斜漢，耿耿方侔；八月九月之洞庭，沉沉相似』，亦工而穩。且有中疊三字者，近人吳錫岱《鑄劍戟爲農器賦》云：『舉爲伍爲兩爲卒之師，都歸皞皞；總挾五挾四挾三之衆，罔不生生。』用之典重題尚可，否則堆砌乏靈秀氣也。下『重江複關之隩』等聯上下加用亦同。唐元稹《五色祥雲》云：『當翠輦黄屋之方行，見金枝玉葉之可數。』流圕。明高道素《上元》云：『火榴金粟之攢攢，蜻眼蟲眉之矯矯。』新艷有古意。○『馳騁杭稻之地』以下二十餘聯，琢句工雅，取材濃膩。唐李宙《喜雨賦》『霏微露立之壇，霡霂風旋之步』、康僚《漢武帝重見李夫人賦》『翡翠簾前，悵望三千之女；芙蓉帳裡，分明二八之人』、王棨《江南春賦》『蜨影争飛，昔日館娃之徑；楊花亂撲，當年桃葉之船』『曉色東皋，處處農人之苦；夕陽南陌，家家蠶婦之愁』、無名氏《駕幸芙蓉園賦》『千鍾獻堯之酒，五絃歌舜之風』、李德裕《舞柘枝賦》『帽瑩隋蛇，熠熠泛蘭之雪；舞翻莊蝶，翩翩狎蕙之風』、王棨《曲江池賦》『翠亘千家之幄，香凝數里之塵』、韓休《喜雨賦》『天垂貫斗之雲，神召離星之月』等聯俱工〔一二〕。雖鮑桂星謂：『唐賦每篇中多有疵纇而輕清雅麗。』究不得以瑕而掩其瑜爾。○『不雪雁門之踦』等聯首用二虚字，尚覺流動，然近淺近滑之弊亦在其中。唐喬潭《巨靈劈太華賦》之『嵐光兩向，猶連松柏之聲；黛影中分，已斷雲霞之色』、李遠《題橋賦》之『神催下筆，俄聞風雨之聲；影落中流，已動龍蛇之狀』、王棨《江南春賦》之『幾多嫩緑，猶開玉樹之庭；無限飄紅，競落金蓮之地』、《詔遣軒轅先生歸羅浮舊山賦》之『白鹿青牛，却放煙霞之境；玉芝瑶草，終承雨露之恩』『久處彤闈，恐鬱池魚之性；永懷碧洞，難忘雲鳥之情』、《秋夜七里灘聞漁歌賦》之『此時游子，只添歧路之愁；何處逸人，頓起江湖之趣』、康僚《漢武帝重見李夫人賦》之『盈盈不笑，如羞久别之容；眷眷無言，莫問生平之事』、王泠然《新潭賦》之『騎影攢臨，變作桃花之浪；衣香亂入，翻爲蓮葉之津』、無名氏《風不鳴條賦》之『契彼無言，静入桃蹊之上；示諸有德，潜來草偃之餘』等聯尚不淺滑〔一二〕。○『帳必藍田之寶』等聯第二字同一虚字，律賦單用可也，餘亦然。○『奏陶唐氏之舞』聯律賦亦有用者，吴錫麒《王右軍書蘭亭序》云：『論蕭子雲之史，僅知飛白之大端；讀陸務觀之詩，敢涴硬黄之小幅。』

引雍容文雅之客，坐檀欒脩竹之園。《延賓》〔一三〕

斑動崩三山之勢〔一四〕，瞷睔焕七曜之文。張《海》

越客發度漳之歌，代馬懷首燕之信。《寒蟬》

空青生峨嵋之陽，雌黄出嶓冢之陰。《扇上綵畫》

擔簦無白璧之想，負書靡黑貂之悲。《還林》

荆軻有易水之悲，蘇武有寒風之别〔一五〕。《小園》

江淮無涯岸之阻，亭壁無藩籬之固。《哀江南》

王歙爲和親之使，班超爲定遠之侯〔一六〕。《哀江南》

弄珠於淵客之庭〔一七〕，卷綃於鮫人之室。《水仙》

横弧於楚水之蛟，飛鏃於吴亭之虎。《華林園馬射》

棲遲乎昭明之觀，休息乎高光之榭。《廣成》

昂昂若千里之駒，氾氾若水中之鳧。《楚辭》

此類如『引雍容文雅之客』聯，六朝罕見。唐馬韜《漢文帝幸細柳營賦》：『觀文帝勞師之禮，得亞夫爲將之名』聯，其遺則也。又陸龜蒙《書帶草賦》：『紛稚圭池上之宅，拂仲蔚門前之徑。』白敏中《息夫人不言賦》：『觸類無言，似峽口爲雲之女；含情不吐，如山頭化石之人。』〔一八〕二聯亦工。近程祥棟『唤桃葉渡旁之渡，登杏花樓外之樓』聯覺更巧異。○『斑動崩三山之勢』等聯句法最宜律賦，唐王勃《七夕賦》之『鳳毛鍾桂闔之祥，麟角燦椒庭之祉』、黄滔《秋色賦》之『池上落紅蕖之態，煙中吟玉笛之聲』、賈餗《太阿如秋水賦》之『流影耀金精之上，涯涘皆空；凉飈鳴玉匣之中，波濤不起』、明張拱機《紅鸜鵒賦》之『禿襟小袖，秦宫調帳底之笙；響板琵琶，蔡相感新州之夢』、李東陽《鵲賦》之『隨鵷游太液之波，流題赬葉；學鴉帶昭陽之色，閃影朱甍』、高道素《上元賦》之『十步一迷紅之閣，四隅盡生白之扃』〔一九〕，俱明麗倍於昔人。○『弄珠於淵客之庭』等聯『於』字較『乎』字稍近於律。

值五馬之南奔，逢三星之東聚。《哀江南》

似德星之東邁，類祥雲之西徂。《贈言》

泛流月之夜迥，曳光煙之曉匝。《修心》

睹獨雁之寒飛，望交河之夜縮〔二〇〕。簡文《箏》

聽啁啾之寒雞〔二一〕，弄差池之春燕。《思田》

度玲瓏之曲閣，出翡翠之香帷。簡文《箏》

入欹斜之小徑，掩蓬虆之荒扉〔二二〕。《哀江南》

瞰東西之繡户，眺左右之金扃。《野鵝》

間尊卑之垂帨，隨上下之游紆。邱《竹杖》

帶長鋏之陸離，冠切雲之崔嵬。《涉江》

迴龍駕之容裔，亂鳳管之凄鏘。謝《七夕》

藉皋蘭之猗靡，蔭脩竹之嬋娟。《嘯》

伐靈鼓之硼隱，建長旗之飄飆。《述征》

立碧莖之婀娜〔二三〕，鋪綵條之蜿蟺。陳《迷迭》

傾群言之瀝液，漱六藝之芳潤。《文》

玩飛花之度窗，看春風之入柳。簡文《箏》

戒突豕之敗御〔二四〕，惕飛鳥之跱衡。《赭白馬》

嘉德言之令揚〔二五〕，悼說難之喪韓。《厲志》

有齊將之閉壘〔二六〕，無燕師之卧墻。《哀江南》

若雲霞之邇月〔二七〕，似桃李之向春。《擣素》

對蒹葭之遂黄，視零露之方白。《游思》

對庭鵾之雙舞，瞻雲雁之孤飛。《雪》

亶嵩華之玉石，潤河洛之波瀾。《哀江南》

挺荆衡之箘簬，輝江漢之珠璣。《離别》

墮山鵲之金印，碎驪龍之寶珠。《石》

潤蓬山之瓊膏，暉葱河之銀燭。鮑《芙蕖》

列鬃彤之繡桷，垂琬琰之文璫。何《景福殿》

凋碧玉之神樹，銷紫石之靈根。《傷友人》

瞻荆吴之遠山，望邯鄲之長陌。《游思》

釋叢棘之餘刺，踐櫝林之柔芳。《遂志》

栖木蘭之遺露，翳青林之餘陰。《閒情》

旌竹柏之勁心，謝梧楸之零脆。《登凌囂館》

臨九曲之迴江，樹千里之平甸〔二八〕。《思田》

鏤五色之盤龍，刻千年之古字。庾《鏡》

折四辨之微言，悟三乘之妙理。《修心》

勝林鳥之同心，邁池魚之比目。梁元《鴛鴦》

發伏鼈之雄氣，耀策馬之高居〔二九〕。《阻歸》

攄懷舊之蓄念，發思古之幽情。《西都》

逢赴洛之陸機，見離家之王粲。《哀江南》

抱北思之胡馬〔三〇〕，望南飛之夕鴻。《魂歸》

驂白霓之習習，歷群靈之豐豐。《九辯》

淥秋水之涓涓，玩游鯈之潎潎。潘《秋興》

文絳虬之奕奕，鳴玉鸞之嚶嚶。陳《神女》

敞風闥之藹藹〔三一〕，聳風館之岧岧。《游後園》

聽長響之轔轔，望遥儀之婉婉。《車》

望亭隧之嗷嗷〔三二〕，飛旗幟之翻翻。《遂初》

錯鼉鱗之崚崚，繞鮫色之漫漫〔三三〕。《赤虹》

翳青青之長松，蔭肅肅之高柞。《叙行》

嗟靈王之心悦〔三四〕，怨漢女之情空。《麗色》

張壯武之心疾，羊南城之淚流。《傷心》

汲長孺之正直，鄭當時之推士。《西征》

朝搴阰之木蘭，夕攬洲之宿莽〔三五〕。《離騒》

此類數十聯佳句甚多，即唐人用之而見稱於騷壇者亦復不少。陶舉《花萼樓賦》云：『漢后龍宫，建邸園之水樹；梁王雁沼，通禁掖之煙花。』李德裕《瑞橘賦》云：『貞枝凝碧，蔚湘岸之夕陰；華實變黄，動江潭之秋色。』謝觀《以賢爲寶賦》云：『吐清詞之粲粲，心水含珠；見正色之温温，情田積玉。』高郢《渥洼馬賦》云：『四蹄曳練，翻翰海之霜華；一噴生風，下胡山之木葉。』蔣防《嫦娥奔月賦》云：『振環鏘佩，雜珠露之珊珊；雲帔花冠，渡銀河之耿耿。』浩虚舟《行不由徑賦》云：『花間絶跡，念蹊樹之徒芳；原上無人，惜皋蘭之暗老。』宋言《敎雞鳴度關賦》云：『念秦關之百二，難啓狼心；笑齊客之三千，不如雞口。』〔三六〕鄭瀆《吹笛樓賦》云：『折楊柳之數聲，雁驚前渚；落梅花之一曲，鳥散芳枝。』黄滔《秋色賦》云：『空三楚之暮天，樓中歷歷；滿六朝之故地，草際悠悠。』《明皇迴駕經馬嵬賦》云：『日慘風悲，到玉顔之死處；花愁露泣，訝朱臉之啼痕。』《館娃宫賦》云：『恨留山鳥，啼百卉之春紅；愁寄隴雲，鎖四天之暮碧。』音節諧和，唐賢正軌。○『張壯武之心疾』二聯，句法可學，明鄭元勳《雪獅賦》『王敬則之夢裡，五色迷離；宋充幹之軍中，百群股戰』聯即其派也。國朝尤侗《淚賦》『薛夜來之玉唾壺，三年化碧；武媚娘之石榴裙，六幅如麻』聯七字亦可。○『戒突豖之敗御』句，楊慎云：『「突」原作「出」，「出」字不如「突」字。』○『朝搴阰之木蘭』聯秀鍊，後人無學步者。

翳承日之華，披翠雲之裘。《諷》

創道德之囿，宏仁惠之虞。揚《羽獵》

前方淮之水，左洞庭之波。《章華》

以上聖之姿，膺下武之運。《華林園馬射》

此類句法古賦甚多，唐人有用入四句排者。王損之《汗血馬賦》云：『映白駒之群，皆疑失素；齊紫燕之匹，可以奪朱。』〔三七〕未可概學。

水衡之錢山積，織室之錦霞開。《華林園馬射》

洞庭之葉初下，塞外之草前衰。梁元《秋興》

長廊之瓦虛墜，梁上之塵染衣。簡文《箏》

仁壽之鏡徒懸，茂陵之書空聚。《哀江南》

天下之事没焉，諸侯之心摇矣。《哀江南》

亡吴之歲既窮，入郢之年斯盡。《哀江南》

草木之遇陽春，魚龍之得風雨〔三八〕。《哀江南》

昆陽之戰象走林，常山之陳蛇奔穴。《哀江南》

李陵之雙鳬永去，蘇武之一雁空飛。《哀江南》

秺侯之忠孝純深〔三九〕，陸賈之優游宴喜。《西征》

馬是天池之龍種，帶乃荆山之玉梁。庾《春》

散象乘虛之飛電〔四〇〕，聚類絶貫之積珠。蔡《圍棊》

朝飲木蘭之墜露，夕餐秋菊之落英。《離騷》

纖於毳末之微蔑，陋於茸毛之方生。《小言》

乍似戲鶴之干霓，又類狡兔之繞邱。蔡《圍棊》

日月爲之奪明，邱陵爲之搖震。《東都》

陽烏爲之頓羽，夸父爲之投策。《七命》

豈冤禽之能塞海，非愚叟之可移山。《哀江南》

若湛露之晞朝陽，似衆星之拱北辰。《藉田》

王正長有北郭之悲，謝安石有東山之恨。《傷心》

栩陽亭有離别之賦，臨江王有愁思之歌。《哀江南》

或屑没於黿鼉之穴，或挂罥於岑嶅之峰。木《海》

挂歸翮於赤霄之表，出華林於紫淵之裡〔四一〕。《七命》

數軍實乎桂林之苑，饗戎旅乎落星之樓。《吴都》

置酒乎榮川之閒宅〔四二〕，設坐乎華都之高堂。左《蜀都》

此類如『水衡之錢山積』『洞庭之葉初下』兩聯，一鍊一秀。『天下之事没焉』聯摇曳生姿，句法出六朝人，宜學。國朝沈清瑞《范大夫移家船賦》：『包山之山橘外，練瀆之瀆鷗旁。』徐宗幹《秋水賦》：『水田之鷺一雙，沙岸之鷗千百。』二聯新穎，應在唐杜甫《朝獻太清宫賦》『九天之雲下垂，四海之水皆立』、周鉞《登吴岳賦》『中隱深溪，日月之光不到；外連層阜，龍蛇之勢斯蟠』、陸龜蒙《中酒賦》『周子之菘向晚，庾郎之酒初春』諸聯上〔四三〕。○『草木之遇陽春』聯，庾信所獨，不易學，亦不必學。若近人楊述縉《書帶草賦》『雀儦之五千卷，鄴侯之三萬籤』，句法稍變，則又不妨學也。○『昆陽之戰象走林』聯，句法甚好，唐人亦多用之。鄭瀆《吹笛樓賦》云：『宫商之杳渺難尋，雲消雨散；，榱桷之傾欹若此，日慘風悲。』[44]黄滔《景陽宫賦》云：『莫可追陪，玉樹之歌聲邈矣；，最堪惆悵，金瓶之咽處依然。』[45]《送君南浦賦》云：『一川之烟景茫茫，横冲楚徼；，兩岸之風濤渺渺，直截炎荒。』《秋色賦》云：『廬阜之峰開石面，錢塘之雪入濤頭。』[46]『數聲之元鶴驚時，九皋摇落；，一夜之清猿撲處，百卉離披。』[47]王棨《江南春賦》云：『遠客堪迷，朱雀之航頭柳色；，離人莫聽，烏衣之巷裡鶯聲。』皇甫松《大隱賦》云：『盤中之周生紫蕚，嶺上之陶公白雲。』[48]均是名語。又鄭賦云[49]：『八百里之歌鐘斷續，五十年之寰海昇平。』陸龜蒙《採藥賦》云：『江僕射之孤燈向壁，不少凄迷；，張記室之少婦當爐，還應細麗。』多一字亦佳。魯望造句不減子山，然《採藥賦》中如『陋君折楊柳，須爲送行；，陋君採芙蓉，仍勞贈遠』『誓不爲巖阿竹，冉冉孤生；，誓不爲澗底松，亭亭獨處』『北堂公子樹，萱草忘憂；，南國佳人佩，生香辟惡』『休爲上計掾，空尋寶釵；，聊作侍中郎，且乘金絡』等句[50]，非律賦所宜，不善學之，畫虎類於犬也。○『馬是天池之龍種』等聯律賦甚宜，惟首二字多用虚字呼應。唐黄滔《送君南浦》云：『須知赤帝之江頭，兩心似火；，莫自蒼梧之岸曲，一去如雲。』《明皇迴駕經馬嵬》云：『鏡殿三春，莫問菱花之照耀；驪山七夕，休瞻榆葉之芬芳。』○『山陵爲之震動』等聯句法，古賦甚多，律賦單用亦可。○『豈冤禽之能塞海』等聯亦宜於律。唐白行簡《澮臺滅明斬龍毁璧賦》云：『紛然電散，謂齊后之碎連環；騞爾星分，同亞父之撞玉斗。』尚穩。又有多一字者，國朝胡琮《千秋金鑑賦》云：『異中和節之進農書，瞻蒲望杏；儼仁壽鏡之來蜀都，藴玉藏珠。』限於典也。○『王正長有北郭之悲』二聯，庾信所造，律賦單用尚好，若用之長排，儘可除去『有』字。○『挂歸翮於赤霄之表』等聯宜典重題，總之長句於典重題爲近，時物等題，又須以短峭見也。○唐鄭瀆《吹笛樓賦》云：『竟無六律，繼當時紫府之清音；空有一條，是往日翠華之來路。』黄滔《漢宫人誦洞簫賦》云：『一千餘字之珠璣，不逢漢帝；三十六宫之牙齒，詎啓秦娥。』《送君南浦賦》云：『一時之萍梗波濤，今朝惜别；千里之秦吴燕宋，何日言旋？』均名句，句法亦佳，故附之。後人學黄句者多，明楊慎《藥市》云：『八萬四千之人烟，五十四州之謡俗。』尤侗《招魂》云：『二十四橋之夜月，金粉飛灰；三十六宫之曉春，土花暈碧。』又國朝張錫庚《雪裡芭蕉賦》：『將疑王子敬之誤牛，字真鑄錯；安見韓將軍之画馬，筆果通神。』《羅星岷山導江賦》：『萬流奔注，遥遥收十一省之泉；百道争馳，滚滚溉千萬人之稼。』亦於典重題宜。

附雜句

肅肅之儀盡，穆穆之禮殫。《東京》

淵雲之墨妙，嚴樂之筆精。《别》

金閨之諸彦，蘭臺之群英。《别》

熊羆之拏攫，虎豹之凌遽。揚《羽獵》

以娱四夷之君，以睦八荒之俗。《魏都》

原野厭人之肉，川谷流人之血。《東都》

悽兮若秋之暮，懔兮如雪之飛〔五一〕。《白鶴羽扇》

高吾冠之岌岌，長吾佩之洋洋。《顯志》

空穢君之園池，徒慚君之稻粱。《野鵝》

既滋蘭之九畹，又樹蕙之百畮。《離騷》

左烏號之雕弓，右夏服之勁箭。《子虛》

左朱雀之芨芨，右蒼龍之躍躍。《九辯》

瓌異之所叢育，鱗甲之所集往。《吴都》

卿雲甘露之所濡，白日陽春之所曜。《天竹》

過汗漫之所不游，躡章亥之所未迹。《七命》

終童山東之英妙，賈生洛陽之才子。《西征》

幕府大將軍之愛客，丞相平津侯之待士。《哀江南》

竹宫豐麗於甘泉之右，竹殿宏敞於神嘉之旁。《静思堂秋竹》

耕父揚光於清泠之淵〔五二〕，游女弄珠於漢皋之曲。《南都》

踐而行之巧以幽，希而望之方以麗〔五三〕。《冢》

非疏糲之士所能精，非鄙俚之言所能具。《魏都》

妙不可盡之於言，事不可窮之於筆。《江》

庸夫可以信聖賢之功〔五四〕，斗筲可以定烈士之業。《豪士》

惟簧也能研群聲之清，惟笙也能總衆清之林。潘《笙》

其基德也隆於姬公之處岐，其垂仁也富於有殷之在亳。《七命》

或掣掣洩洩於裸人之國，或汎汎悠悠於黑齒之邦。木《海》

此類宜於古體，律賦中間有單用其短句者，究非初學所宜。長句不待言也，姑附之以覘其變，餘云雜句者同。○『竹宫幽麗於甘泉之右』句法古賦甚多。○『惟簧也』『其基德也』二聯句法，律賦鋪叙中有連疊數句者。

用而字句　凡六類

精含丹而星曜，頂凝紫而烟華。《舞鶴》

樹低柯而翠鬱，潭隱日而青空。《建安城門峽》

露泣葉而原凈〔五五〕，花照磯而岫鮮。《八公山》

水帶地而壤潤，月流天而宵炯。《井》

樹臨流而影動，巖薄霧而雲披。《晚春》

石蘊玉而山輝〔五六〕，水懷珠而川媚。《文》

思若神而泉湧，文如華而玉振。《贈言》

霧出吴而綺章，雲堆趙而碧色。《麗色》

鵾欲啼而茝歇，雁始去而蘆生。《竹花》

河無冰而馬渡，關未曉而雞鳴。《哀江南》

梧因虚而調遠，桂由真而響沉〔五七〕。《擣素》

蟬無風而吲短，鷺出迴而飛長。《瑪瑙碗》

櫂將移而藻挂，船欲動而萍開。《采蓮》

情無方而雨集，事有限而星乖。《野鵝》

風賫寒而北來，雁銜霜而南渡。吴《橘》

苔染池而盡緑，桃含山而並紅。孝元《春》

眉將柳而争緑，面共桃而競紅。庾《春》

苔始緑而藏魚，麥纔青而覆雉。庾《春》

樞降軒而繞電，景瑞堯而麗月。《天象》

潭斂氣而威荷，露危光而嚴蕙。《秋羈》

萍隨流而傅岸，網因風而綴花。梁元《鴛鴦》

霜飛空而浸霧，雁照月而猜弦。《山水納袍》

風觸枝而翻蘤，雨淋條而殞芬。《山石榴》〔五八〕

松既烟而接漢，竹緣嶺而負�。《七要》

石堰水而澆園，花乘風而繞殿。《華林園馬射》

竹依窗而度影，蘭因風而送香。蕭《螢火》

水篩空而照底，風入樹而香枝。《晚春》

風觸楹而轉響，月承幌而通暉。《雪》

草承澤而擢秀，花順氣而飛馨。《感春》
聲憑林而逾厲，響因風而益危。《反舌》
葉折水而爲珠[五九]，條集露而成玉。鮑《芙蕖》
花繞樹而競笑，鳥徧野而俱鳴。《竹花》
足若丹而三布，目如金而雙圓。昭明《鸚鵡》
鳥才食而便墮，雨薄灑而皆零。《朱實》
檐直倚而妨帽，户平行而礙眉。《小園》
草自然而千花，樹無情而百色。《江上之山》
晝綴食而發憤[六〇]，宵假寐而興言。《思歸》
鳥稍狎而知來，雲無情而自合。《修心》
露雖滋而不潤，風未動而先知。沈《高松》
淚未悲而自墜，語有噎而無宣[六一]。《魂歸》

情無觸而不悲，思無感而不集。《悼艱》

鳥何事而逐酒，魚何爲而聽琴〔六二〕。《小園》

桂何事而銷亡，桐何爲而半死。《枯樹》

秋何月而不清，月何秋而不明。《蕩婦秋思》

秋何興而不盡，興何秋而不傷。梁元《秋興》

詩緣情而綺靡，賦體物而瀏亮。《文》

桂偃蹇而臨棟，石穹隆而架門。《言志》

雲嵯峨而出岫，江摇漾而生風。《述羈》

淚汍瀾而雨集，氣滂浡而雲披。《顯志》

水重深而魚悦，林修茂而鳥喜。《離思》

霞晃朗而上飛，日通曨而下度〔六三〕。《赤虹》

歲峥嶸而愁暮〔六四〕，心惆悵而哀離。《舞鶴》

頃三百而不足〔六五〕，畝五十而有餘。《郊居》

南參差而望越，北邐迤而懷燕。《八公山》

經元蹄而雹散，歷素支而冰裂。《赭白馬》

居東道而龍青，出西關而馬白。《象戲》

入深夜而光净〔六六〕，出明燈而色幽。蕭《螢火》

聚空倉而雀噪，驚懶婦而蟬嘶。《小園》

出幽澗而泉洌〔六七〕，入山户而松凉。謝《擬風》

拜文梍而影度，陪武帳而香浮。《華貂》

畏風多而橈危〔六八〕，驚舟移而花遠。簡文《芙蕖》〔六九〕

臨風亭而唳鶴，對月峽而吟猿。《枯樹》

控玉勒而摇星，跨金鞍而動月。《華林園馬射》

全殞卵而來鳳，放乳麑而威麟〔七〇〕。《野鵝》

上星光而倒景，下龍鱗而隱波。鮑《芙蕖》〔七一〕
臨桁下而牽衫，就箱邊而著釧。庾《鏡》
懷風陰而送聲，當月露而留影。謝《高松》
轉洞房而引景，偃飛閣而藏霞。《幽庭》
指烟霞而問鄉，窺林嶼而訪舊〔七二〕。《游思》
指蓬壺而翻翰，望崑閬而揚音。《舞鶴》
育草木而明義，愛禽鳥而昭仁。《野鵝》
有棠梨而無館，足酸棗而非臺。《小園》
響玉砌而遲前，度金扉而斜入。簡文《舞》
望明月而撫心，對秋風而掩鏡。《擣素》
臨濬壑而怨遥，登崇岫而傷遠。謝《月》
恐沾裳而淺笑，畏船傾而斂裾。《采蓮》
冪豐葉而爲幄，靡翠草而成裀。《春游》

結德言而爲佩，帶芳猷而爲服。《酬德》

變三驅而畫鹿，登百尺而懸熊。《華林園馬射》

經千霜而得拱，仰百尺而方枝〔七三〕。沈《高松》

播芳烟而不薰，張明鏡而不照。《傷己》

雄虹矯而垂天，翠鳥軒而扶日。《白雲》

釵朵多而訝重，髻鬟高而畏風。庾《春》

衝飈發而迴日，飛礫起而麗天。《七命》

綺疏敞而停日〔七四〕，朱簾開而留風。《靈邱竹》

清風萃而成響，朝日曜而增鮮。何《景福殿》

游蜂集而銜蕊，戲蝶飛而帶英。《竹花》

雰嵐昏而共默〔七五〕，風雨霽而争吟。《猿》〔七六〕

幽情發而成緒，滯思叩而興端。《嘆逝》

山雞看而獨舞，海鳥見而孤鳴。庾《鏡》

草色雜而香同，樹影高而花異〔七七〕。《臨秋》

密網裁而魚駭，宏羅刺而鳥驚〔七八〕。《感士不遇》

素野黯而風暮〔七九〕，金天艶而霜威。《横吹》

金石震而色變，骨肉悲而心死。《别》

蘇張喜而詐騁，虞芮愧而訟息。《西征》

美人戀而嬋媛，壯夫去而躑躅。《横吹》

曲房縈而窈眇，長廊邈而蕭條。陸《登臺》

蕊金光而艶色，藕冰折而玉清〔八〇〕。江《芙蕖》

車雷震而風厲，馬鹿超而龍驤。《南都》

慮尺折而寸斷，魂一逝而九傷〔八一〕。《泣》

路縈吴而款越，塗被海而通閩。《郊居》

形鳳婉而鵠峙，羽衮蔚而緗暉。《山雞》

墻易入而難窺，關無鍵而有閉。《思賢》

邈辭朋而別偶，超烟鶩而風行。《野鵝》

信松茂而柏悦，嗟芝焚而蕙嘆。《嘆逝》

既投冠而棄劍，亦抗魄而盪靈。《學梁王菟園》

或虎變而獸擾，或龍見而鳥瀾。《文》

風蕭蕭而異響，雲漫漫而奇色。《別》

風梢梢而過樹，月蒼蒼而照臺。《野鵝》

山巃巃而懷影，川汪汪而藏聲。《感士不遇》

野田田而虚翠，水湛湛而空碧。《水上神》

草纖纖而垂緑，樹騷騷而落花。《幽庭》

風騷騷而樹急，天慘慘而雲低。《小園》

猿啾啾而夜吟，鵾騷騷而曉度。《離別》

波沈沈而東注，日滔滔而西屬。《觀漏》

猩猩啼而就擒，巤巤笑而被格。《吴都》

旅雁鳴而哀哀，朔風鼓而烈烈。《孝思》

甘泉集而溟溟，油雲興而漠漠。《秋雨》

既扶疏而雲蔓，亦灼爍而星微。《蜀葵花》

既逐舞而迴袖，亦將歌而繞梁。傅《笛》

似臨潭而對鏡，若披霧而睹天。《贈言》

强紆顔而未笑〔八二〕，乍雜怨而成猜。簡文《舞》

因犯檜而刊樹，由妨基而剪巢。《郊居》

不懷傷而忽恨，無驚猜而自愁。《序愁》

始懷徵而苦發，終感商而甘通〔八三〕。《瓜》

雖有門而長閉，實無水而恒沉。《小園》

既因方而爲珪，亦遇圓而成璧。《雪》

此類佳句纍纍如貫珠，如編貝，美不勝收，無一非錦囊中物，六朝人所最留心而滿志者。李雨村《賦話》以梁簡文帝『水餙空而照底』聯與唐王勃『葉抱露而争密，花牽風而亂下』、李白『雲愁秦而暝色，鴻别燕兮秋聲』數聯，謂即李瑘所謂『風雲月露争一字之巧』者〔八四〕。予按，此類在六朝既不止簡文一聯，而在唐人如李子卿《駕幸九成宫賦》之『樓枕嶺而倒影，殿當川而抱虹』、闕名《七夕賦》之『珮摇星而玉振，扇掩月而紈飛』、許敬宗《掖庭山賦》之『霞淡水而川媚，風飄林而澗響』、太宗《小山賦》之『風辭暄而入暑，樹替錦而成帷』等聯亦可云争巧一字者也。至李紳《寒松賦》之『濯影後凋，一千年而作蓋；流形入夢，十八歲而爲公』、王棨《一賦》之『鶚百鳥而非匹，龍三人而共爲』、《白雪樓賦》之『楚山入座，黛千點而暮青；漢水横簾，帶一條而春緑』、張良器《烏臺賦》之『門凌晨而豸出，樹夕陽而烏來』等聯〔八五〕，不又愈出愈巧也耶？○『樹低柯而翠鬱』『鵑欲啼而莒歇』等聯善寫景，『恐沾裳而淺笑』『强紆顔而未笑』等聯善寫情。○『烏何爲而逐酒』二聯庾信所創，『秋何月而不清』二聯梁元帝所創，俱俊逸。○『經千霜而得拱』聯，《賦話》云：『「得」字「方」字，清勁有力。』○『蕊金光而絶色』等聯，首字一頓，與後『霤鼎沸以駿奔』『地鼎沸於袁曹』等聯同一勁峭。唐喬潭《秋晴曲江望太乙納歸雲賦》云：『山半隱而半見，雲乍低而乍昂。』〔八六〕陸龜蒙《中酒賦》云：『意欲問而無問，夢將成而不成。』二聯較活動。國朝陳鶴年《白露横江賦》：『路三程而兩程，船十隻而五隻。』方璧城《迷路出花難賦》：『枝疏疏而密密，徑整整而斜斜。』二聯亦可。

教敷而彝倫叙，兵舉而皇威暢。《西征》

淹留而蔭丹岫，徘徊而搴木蘭。梁元《秋興》

異林而分丹素〔八七〕，因風而雜紅紫。《郊居》

此類句法後人少用，唐人用者，『而』字下蓋四字也。王棨《曲江池》云：『鶯囀而殘風裊霧，魚躍而圓波蕩春。』《涼風至》云：『恨添壯士，朝晴而易水寒生；愁煞騷人，落日而洞庭波起。』《江南春》云：『幕幕而雲低茂苑，謝客吟多；萋萋而草夾秦淮，王孫思起。』《秋夜七曲灘聞漁歌》云〔八八〕：『激浪不停，高唱而時時過去；涼飈暗起，清音而一一吹來。』李子卿《駕幸九成宫》云：『翻飛而八駿騫騰，霍濩而六龍奔逸。』〔八九〕徐寅《御溝水》云：『時時而翡翠隨波，飛穿禁柳；往往而鴛鴦逐浪，銜出宫花。』黄滔《送君南浦》云：『夜泊而猿啼霜樹，晨征而月在烟空。』《秋色》云：『海上而輕籠皓月，皎潔成冰；隴頭而惹着陰雲，蒼茫欲雨。』陸龜蒙《中酒》云：『黄昏細雨，迷途而不到長亭；白晝繁花，失意而初辭故國。』流麗端莊，各適其用。

華組依波而錦披，翠綸扇風而繡舉。《望海》

丹藕凌波而的皪〔九〇〕，緑芰泛濤而浸潭。《魏都》

太史聽鼓而論功，司馬張旃而獲賞〔九一〕。《華林園馬射》

荆山鵲飛而玉碎，隋岸蛇生而珠死。《哀江南》

軒轅華布而曲列，攝提鼎峙而相望。《天地》

仲由念枯魚而永慕，虞邱感風樹而長悲〔九二〕。《孝思》

此類古賦亦多，以『華組依波』『荆山鵲飛』二聯爲整麗。唐周鍼《登吴嶽賦》云：

『汧水縈紆而綫走，隴山峛崺而螺掩。』〔九三〕有雄壯氣，前無古人。又趙子卿《出師賦》之『珍怪烟委而波屬，蠻夷鳥狎而蟲馴』，就句對也，似同而異。○吴錫麒《伏波銅柱》云：『女子維虺而維蛇，三軍爲鶴而爲鵝。』亦新。

左玄冥而右黔雷，前長離而後矞皇。《大人》

含三河而納四瀆，朝五湖而夕九江。《滄海》

絶君臣而辭骨肉，蹐厚地而跼蒼穹〔九四〕。《魂歸》〔九五〕

薜荔飾而陸離薦，魚鱗衣而白蜺裳。《九嘆》

形每驚而地維静〔九六〕，踪有事而道無心。張《海》

暖平湖而漾青緑，拂繪繳而籠丹素〔九七〕。沈《高松》

凌隥道而超西墉，掍建章而連外屬。《西都》

横琱戈而對霸主，執金鼓而問賊臣。《哀江南》

聲哀哀而懷高邱，心愁愁而思舊邦。《九嘆》

凱風發而時鳥歡，微波動而水虫鳴。《節游》

山萬重而仰雲霧〔九八〕，水百仞而寫蜿虹。《魂歸》

或異林而分丹青，乍因風而雜紅紫。《郊居》

此類首數聯句中用對，典重題便於使事。唐黄滔《館娃宫賦》之『舞榭歌臺，朝爲宫而暮爲沼；英風霸業，古人失而今人驚』、徐寅《人生幾何賦》之『南陵公子，緑鬢改而華髮生；百里豪家，昨日歌而今日哭』，流走而不板滯，較有生氣。《賦話》：『元稹《樂爲御賦》云：「蟠乎地而際乎天，周流既超於馬力；發乎邇而應乎遠，馳聲亦倍於鸞和。」爽健之句，創自微之，後來永叔諸公專學此種。』○唐太宗《小山》『岫帶柳而合雙眉，石澄流而分兩鏡』聯工整。

漢道亨而天驥呈材，魏德楙而澤馬效質。《赭白馬》

伯牙彈而駟馬仰秣，子野揮而元鶴翔鳴。成公《琴》

朝露清冷而隕其側〔九九〕，玉液浸潤而承其根。《洞簫》

卜偃前識而賞其隆，吴札聽歌而美其風。《魏都》

此類首二聯句法，古人罕有。《賦話》：『周鋮《海門山賦》云：「當晴晝而纖露豁開，大吞江漢；值霧霾而濃雲交翳，暗鎖乾坤。」意態雄傑，長於錘鍊。』予按，唐謝觀《清明日賜百官新火賦》：『出禁署而螢分九陌，入人寰而星落千門。』獨孤綬《北溟有魚賦》：『横巨鱗而海分爲二，艴雙目而日爲之三。』二聯氣象亦闊，蓋句法爲典重題之所宜也。○唐杜甫《有事南郊賦》：『地迴迴而風淅淅，天泱泱而氣清清。』似對非對，句法獨奇。又宋人『晋荀爍掩耳而走，渾良夫披髮而噪』、明沈一貫『擎海水三千而奮翼，指天衢九萬而馳衡』，皆句法之奇者。顧元熙《二十八將應列星》云：『捧出寰瀛，日月真人從白水而興；驅來掌握，風霆大敵自昆陽而滅。』《水仙花》云：『沆瀣爲養，自姑射神山而降；泥沙不滓，得瑶池勺水而生。』二聯亦健。

附雜句

流而爲江海，結而爲山岳。《江》

煮水而鹽成，剖蚌而珠出。《滄海》

冬伏而夏游，食桑而吐絲。《蠶》

嵇志遠而疏，吕心曠而放。《思舊》

測之渺而無際，望之杳而綿漠。庾《海》

言恢之而彌廣，思按之而愈深。左《蜀都》

公孫國之而破，諸葛家之而滅。《吴都》

高祖都西而泰，光武處東而納。《西京》

居者觀而弭思，行者樂而忘歸。傅《柳》

曹后聽之而歡譺，謝相聞之而涕垂。簡文《箏》

彭蠡之鳥，萬萬而群；荆山之獸，億億而屯。《七依》

蘭蕙含芬，有時而馨；龍驥踠足，有時而征。《感别》

紫蓮被翠波而抗英，碧椹乘天岸而星懸。《涉江》

睹將衰而有川上之感，觀趣舍而抱慷慨之嘆。《白首》

春霆發響而驚蟄飛競，潛龍浮景而幽泉高鏡。《魏都》

噴灑嚱噫，流雨而揚雲；矞體壯眷，架岳而飛墳。張《海》

海外之雲，處處而秋色；河中之雁，一一而學飛。《橫吹》

葉葉之雲，共琉璃而並碧；枝枝之日，與金輪而共丹。吴《橋》

雖則衰世，而盛德形於管絃；雖踰千祀，而懷舊藴於遐年。《魏都》

其立體也簡，而効績也誠；其假物也粗，而致用也精。《漏刻》

此類如『公孫國之破』等聯，律賦可單用之。○『睹將衰而有川上之感』聯，亦宜律賦。唐王起《下車泣罪人賦》云：『一降車而開二十世之業，一灑淚而成四百年之基。』十字成句，尚不嫌冗。○『彭蠡之鳥』『海外之雲』等聯均佳，雖兩句而氣相貫，故亦附入。

用以字句　凡四類

樹遏日以飛柯，嶺回峰以蹴月。張《海》

跐象虯以振步，形亞鳳以擅奇。《鶴》

川迴瀾以澄映，嶺插崿以霏烟。褚《禊》

理扶質以立幹，文垂條以結縈。《文》

俯無鱗以游遁，仰無翼以翻飛。《游觀》〔一〇〇〕

望北林以鸞飛，集樛木以龍蟠。《寒蟬》

鼓蘭枻以水宿，杖桂策以山游《羅浮山》

籠麗色以拂烟，鏡懸暉以照雪。張《海》

靡飛飈以赴節，揮天籟以興音〔一〇一〕。《逸民》

振駿氣以擺雷，飛雄光以倒電。張《海》

抗蘭橑以栖龍，拂雕窗以團露。沈《桐》

含虛中以象道，體圓質以儀天。《竹》

雕玉瑱以居楹，裁金璧以飾璫。《西都》

佩鳴玉以比絜，高幽蘭以争芬〔一〇二〕。《閒情》

疏通溝以濱路，羅青槐以蔭塗。《魏都》

馮崑崙以瀓霧，隱岐山以清江。《九章》

依雲邊以知國，極鳥道以瞻家。《愍塗》

法鼓琅以振響，衆香馥以揚烟。《游天台山》

飛櫊翼以軒翥，反宇轍以高驤。何《景福殿》

鬱青青以暢茂，紛冉冉以陸離。《繁柳》

鶯交交以弄音，翠翻翻以輕羽〔一〇三〕。《春可樂》

時翳翳以東陰，日亹亹以西墜。丁《寡婦》

既敷容以照景，亦選翮以排雲〔一〇四〕。《野鵝》

乍差池以燕接，又颯沓以鳧連〔一〇五〕。《觀舞》

播慈惠以爲圃，耕柔順以爲田。《元暢》

紆思心以爲纕，編愁苦以爲膺。《九章》

不窮樂以訓儉，不殫物以昭仁。《東京》

章曼支以轂走，宫之奇以族行。《哀江南》

此類句法與『錬而字句』無大異，故『樹遏日以飛柯』『振駿氣以擺雷』等聯，亦争一字之巧。○『法鼓琅以振響』等聯句錬，於魏晋人賦中亦不多見。『章曼支以轂走』聯短峭。陳沆『六鰲背以爲楗，五犀角以爲湝』、顧元熙『水覆舟以載舟，海受谷以下谷』亦云戛戛。

帝皇所以育業，霸王所以衍功。《西都》

池沼足以釣魚〔一〇六〕，春税足以代耕。潘《閒居》

土壤不足以攝生，山川不足以周衛。《吴都》

五岳不足以題其勳〔一〇七〕，九韶不足以贊其舞。《郊祀》

此類律賦可單用，亦須斟酌，爲之近質故爾。

崔駰以不樂損年，吴質以長愁養病。《小園》

北陸以楊葉爲關，南陵以梅根作冶。《枯樹》

以道士爲元帥〔一〇八〕，以子仁爲佐相。《藏鈎》

天以日月爲綱，地以四海爲紀。左《蜀都》

赤瓊以照燎爲光，碧石以葳蕤爲色。《空青》

宰衡以干戈爲兒戲，縉紳以清談爲廟略。《哀江南》

君子樂奮節以顯義，烈士甘危軀以成仁。《七啓》

飛金英以浮旨酒，握翠葉以振羽儀。孫《菊花》

此類首二聯尚雅鍊，餘似古句，六朝亦罕有也。○『飛金英以浮旨酒』聯宜於律。

○吳錫麒《閏月定四時賦》云：『舉三年五年以爲準，就一寒一暑以互推。』句健。

附雜句

高以下爲基，民以食爲天。《藉田》

博我以皇道，宏我以漢京。《西都》

藉田以禮動，大閱以義舉。《魏都》

濯之以秋水〔一〇九〕，芬之以幽蘭。《筆》

徇以離宫别寢，承以崇臺閒館。《西都》

可以變俗移風，可以莅官行政。《象戲》

一自以爲禽鳥，一自以爲魚鼈。《魏都》

路逶迤以迫隘，林廓落以蕭條。《登虎牢山》

夜漫漫以悠悠，寒凄凄以凛凛。潘《寡婦》

白雲紛紛以塗塗〔一一〇〕，秋風瀏瀏以蕭蕭。《九嘆》

洲渚迢遰以疏屬，島嶼綿邈以牢羅。《望海》

巨鰲贔貝以冠山〔一一一〕，鳥鸌呼翕以吞舟。《望海》

不壯不麗，不足以一民而重威靈；不飭不美，不足以訓後而永厥成〔一一二〕。何《景福殿》

甘羅自以辯慧見稱，不以緑髮而名著；賈生自以良材見異，不以烏鬢而見舉。《白髮》

此類如『夜漫漫以悠悠』二聯，每聯四叠句，甚奇特，然必如原文之間有『兮』字，讀去方不齟齬，餘尚多，除去『兮』字之聯爲眈佳句也，識者諒之。

用而以字句　凡三類

陪九萬以高征〔一一三〕，激三千而同上。《感知己》

鎮宅神以霾石，厭山精而照鏡。《小園》

拂天河而布葉，横日路以擢枝〔一一四〕。《文木》

苞群聲以作主，冠衆樂而爲師。阮《箏》

蒸靈液以播雲，據神淵而吐溜。嵇《琴》

切趙瑟以横涕，吟燕笳而坐悲。《去故鄉》

指衡岳以鎮野，目龍川而帶垌。《吴都》

開高軒以臨山，列綺窗而瞰江。左《蜀都》

同雞塒而共宿，啄雁稗以争肥。何《窮鳥》

摶芬若以爲枕，席荃蘭而茝香。《長門》

曜金璆以爲闕，次玉石而爲堂。《覽海》

聳浮柱而虬立，施飛檐以龍翔。《七徵》

回白雲以金讚，戾秋月而玉寥。《詠》

隱日月以蔽虧，摶風烟而迴薄。張《南征》

歷玉階而容與，步蘭堂以逍遥〔一一五〕。《登臺》

欻聳擢以鴻驚，時濩略而龍翥。《赭白馬》

始連軒以鳳蹌，終宛轉而龍躍。《舞鶴》

孟積雪而抽笋，王斲冰以鱠鮮。《孝感》

日回天以滅景，飇衝淵而無瀾。《歲暮》

嶺集雪以懷鏡，巖昭春而自華。張《海》

荑應春以吐緑，葩涉夏而揚朱。范《安石榴》

節應氣以舒卷，響隨風而浮沈。《鼓吹》

挺於巖以群茂〔一一六〕，臨於水而宗生。謝《高松》

聲訇隱而動山，光赫奕以燭夜。《武軍》

魚微微以求偶〔一一七〕，獸岳岳而相攢。《感時》

天泱泱以垂雲，泉涓涓而吐溜。潘《射雉》

山蒼蒼以墜葉，樹索索而摇枝。《貞女峽》

心凛凛以懷霜，志眇眇而臨文〔一一八〕。《文》

城邑寂以空虚，草木穢而荆榛。《歸思》

脩楝迪以虹指，飛甍竦而鳳翔。韋《景福殿》

青雲鬱以西翔，飛鳥翻而上匿〔一一九〕。曹《感節》

槐路鬱以三條，方塗阻而九軌〔一二〇〕。《魂歸》

雷鼎沸以駿奔，潦風馳而競疾〔一二一〕。《愁霖》

鴻晨驚以響湍，泉夜下而鳴石。《思游》〔一二二〕

梁澗道以高濟，棧巖磴而上尋。《七繹》

或涌川以開瀆，或吞江而納海〔一二三〕。《吴都》

或因枝以振葉，或緣波而討源〔一二四〕。《文》

或操觚以率爾，或含毫而邈然。《文》

賤賣卜以當壚，隱我耕而子織。《游思》

既翁茸以葳蕤〔一二五〕，且參差而橚矗。潘《橘》

此類句法『而』『以』二字，選本有互異者，非誤登，亦非妄改。○唐王棨《江南春賦》云：『烟冪歷以堪悲，六朝故地；景葱蘢而正媚，二月晴時。』〔一二六〕『野葳蕤而繡合，山明媚以屏連。』丁春澤《日觀賦》云：『蒙水氣以珠暗，露松陰而璧碎。』黄滔《融結爲河嶽賦》云：『如疏樸略，波萬壑以派分；似截渟泫，仞千巖而雲矗。』《秋色賦》云：

『衡陽落日，和旅雁以飛來；劍閣中宵，逐哀鴻而嘯起。』〔一二七〕『華岳峰高，染蓮花而翠活；湘川樹老，换楓葉以霞生。』《狎鷗賦》云：『因嗤鴻渚，蓋春去以秋來；翻笑鵲河，竟離長而會促。』《送君南浦賦》云：『且當蘋澗，把芳酒以留歡；莫被薰風，吹片帆而便發。』陸龜蒙《採藥賦》云：『蘭在口以時聞，嬌如連瑣；蕙牽心而不定，飄若懸旌。』均佳。亦有句法異者，唐白居易《黑龍飲渭水賦》云：『逼而察也，類天馬出水以游；遠而觀之，疑長虹截澗而飲。』〔一二八〕顧況《黄鍾爲律本賦》云：『或煦或吹，根初九爻而立紀；日來月往，首十二管以成功。』明張鼐有《瀛洲亭賦》云：『金井涌醴泉以洗徑，石螭負赤文而開户。』姚孟希《日升月恒賦》云〔一二九〕：『朝霞薄曉霧以流金，碧海照青天而成㲉。』皆典重題也。白聯用於結句更勁。○羅星《叱石成羊賦》云：『何因得翁仲，持鞭驅石虎泥牛而共牧；妙更有摩兜，逐隊偕木奴山客以無争。』尚撑得起。

介鯨乘濤以出入，鰀鰲順時而往還。《江》

禽鳥栖陽以晨鳴，熊虎窟陰而夕嘷。《巫咸山》

䞓鱉胏躍而吐璣，文魮磬鳴以孕璆。《江》

天鹿軒翥以揚怒，獅子鬱拂而負楨。卞《許昌宮》

皓壁皜曜以月照，丹柱歙艴而電烻〔一三〇〕。《魯靈光殿》

修幹偃蹇以虹指，柔條阿那而蛇伸。魏文《柳》

離禽嚶嚶而晨鳴，輕帷翩翩以微舉。曹《秋興》

嘉穎離合以蕁蕁，醴泉涌波而浩浩。《魏都》

此類數聯蒼老樸茂，是魏晉作家本色，六朝無復嗣音。唐浩虚舟《盆池賦》『蘭燈委照以珠動，紈扇摇風而浪起』二句可云繼起，然而古律殊致也。

附雜句

汩磑磑以璀璨，赫燡燡而爥坤。《魯靈光殿》

高賢圖之以隱淪，智士以之而藏見。《尺蠖》

校勘記

〔一〕此句實出庾信《春賦》。

〔二〕『表』，《歷代賦彙》《漢魏六朝百三名家集》作『美』。

〔三〕『邑』，《歷代賦彙》《全上古三代秦漢三國六朝文》作『毌』。

〔四〕『長安走馬之東』，《歷代賦彙》《漢魏六朝百三名家集》《全上古三代秦漢三國六朝文》作『長安大道之東』。

〔五〕此篇《江文通集彙注》《歷代賦彙》《漢魏六朝百三名家集》題作『蓮華賦』。

〔六〕『牀』，《歷代賦彙》《漢魏六朝百三名家集》作『林』。

〔七〕『雲』，《歷代賦彙》《漢魏六朝百三名家集》《全上古三代秦漢三國六朝文》作『雪』。

〔八〕『具曹象弭之威』，《江文通集彙注》《歷代賦彙》《漢魏六朝百三名家集》作『貝胄象弭之威』。

〔九〕『錦』，《歷代賦彙》《漢魏六朝百三名家集》作『市』。

〔一〇〕『泣』，《歷代賦彙》《全上古三代秦漢三國六朝文》作『泫』。

〔一一〕『昔日館娃之徑』，《歷代賦彙》《全唐文》作『昔日吴娃之徑』。

〔一二〕『黛影中分』，《歷代賦彙》《全唐文》作『黛影中開』；『終承雨露之恩』，《歷代賦彙》作『終存雨露之恩』。

〔一三〕此句實出隋薛道衡《宴喜賦》。

〔一四〕『珽』，《歷代賦彙》《漢魏六朝百三名家集》《全上古三代秦漢三國六朝文》作『珽』。

〔一五〕此句《庾子山集注》《歷代賦彙》《漢魏六朝百三名家集》作『荆軻有寒水之悲，蘇武有秋風之别』。

〔一六〕此句《庾子山集注》《歷代賦彙》《漢魏六朝百三名家集》作『王歙爲和親之侯，班超爲定遠之使』。

〔一七〕『於』，《歷代賦彙》《漢魏六朝百三名家集》作『乎』。

〔一八〕『含情不吐』，《歷代賦彙》《全唐文》作『含情不語』。

〔一九〕『池上落紅蕖之態』，《歷代賦彙》《全唐文》作『地上落芙蕖之態』，《廣群芳譜》作『池上落紅蕖之態』。

〔二〇〕『夜』，《歷代賦彙》《漢魏六朝百三名家集》作『水』。

〔二一〕『啾』，《歷代賦彙》作『啲』，《漢魏六朝百三名家集》作『啲』。

〔二二〕『蘿』，《庾子山集注》《歷代賦彙》《漢魏六朝百三名家集》作『蘿』。

〔二三〕『婀娜』，《全上古三代秦漢三國六朝文》作『娜婀』，《建安七子集》作『婀娜』。

〔二四〕『突』，《漢魏六朝百三名家集》作『出』。

〔二五〕『德』，《歷代賦彙》《全上古三代秦漢三國六朝文》作『法』。

〔二六〕『壘』，《庾子山集注》《歷代賦彙》《漢魏六朝百三名家集》作『壁』。

〔二七〕『若雲霞之邇月』，《全上古三代秦漢三國六朝文》作『勝雲霞之邇日』。

〔二八〕『樹』，《歷代賦彙》《漢魏六朝百三名家集》《全上古三代秦漢三國六朝文》作『對』。

〔二九〕『居』，《歷代賦彙》《漢魏六朝百三名家集》《全上古三代秦漢三國六朝文》作『星』。

〔三〇〕『思』，《歷代賦彙》《漢魏六朝百三名家集》作『晰』。

〔三一〕『闥』，《漢魏六朝百三名家集》《全上古三代秦漢三國六朝文》作『闉』；『風』，《漢魏六朝百三名家集》《全上古三代秦漢三國六朝文》作『雲』。

〔三二〕『嗷嗷』，《歷代賦彙》《漢魏六朝百三名家集》《全上古三代秦漢三國六朝文》作『曒曒』。

〔三三〕『鮫』，《江文通集彙注》《歷代賦彙》《漢魏六朝百三名家集》作『蛟』。

〔三四〕『靈』，《江文通集彙注》《全上古三代秦漢三國六朝文》作『楚』。

〔三五〕『奔』，《屈原集校注》作『莽』。

〔三六〕「啓」，《歷代賦彙》《全唐文》作「逞」。

〔三七〕「可以奪朱」，《歷代賦彙》《全唐文》作「不可奪朱」。

〔三八〕「得」，《庾子山集注》《歷代賦彙》《漢魏六朝百三名家集》作「逢」。

〔三九〕「純」，《歷代賦彙》《漢魏六朝百三名家集》作「淳」。

〔四〇〕「電」，《歷代賦彙》作「霓」。

〔四一〕「林」，《漢魏六朝百三名家集》《全上古三代秦漢三國六朝文》作「麟」。

〔四二〕「榮」，《全上古三代秦漢三國六朝文》作「縈」。

〔四三〕「酒」，《歷代賦彙》作「薤」，《全唐文》作「韭」。

〔四四〕「渺」，《歷代賦彙》《全唐文》作「眇」；「日」，《歷代賦彙》《全唐文》作「月」。

〔四五〕「景陽宫」，《歷代賦彙》《全唐文》作「景陽井」；「莫可追陪」，《歷代賦彙》《全唐文》作「莫可追尋」。

〔四六〕「峰」，《歷代賦彙》《全唐文》作「蟾」。

〔四七〕「清猿」，《全唐文》作「新霜」。

〔四八〕「紫蕚」，《歷代賦彙》作「紫蔘」。

〔四九〕『鄭賦』指鄭瀆《吹笛樓賦》。

〔五〇〕『萱草忘憂』，《歷代賦彙》《全唐文》作『芳草忘憂』。

〔五一〕『愾』，《歷代賦彙》《全上古三代秦漢三國六朝文》作『懍』。

〔五二〕『冷』，《漢魏六朝百三名家集》《全上古三代秦漢三國六朝文》作『泠』。

〔五三〕此句《歷代賦彙》《漢魏六朝百三名家集》作『晞而望之方以麗，踐而行之巧以廣』。

〔五四〕『信』，《歷代賦彙》《漢魏六朝百三名家集》作『濟』。

〔五五〕『泣』，《歷代賦彙》《漢魏六朝百三名家集》作『泫』。

〔五六〕『石蘊玉而山輝』，《歷代賦彙》作『石韞玉而山暉』。

〔五七〕『真』，《歷代賦彙》《全上古三代秦漢三國六朝文》作『貞』。

〔五八〕此篇《歷代賦彙》《漢魏六朝百三名家集》作『安石榴賦』。

〔五九〕『而』，《鮑照集校注》《漢魏六朝百三名家集》作『以』。

〔六〇〕『綴』，《歷代賦彙》《漢魏六朝百三名家集》作『輟』。

〔六一〕此句《歷代賦彙》作『淚未悲而自墮，語有咽而無宣』，《漢魏六朝百三名家集》作『淚未悲而自墮，語未咽而無宣』。

〔六二〕『爲』，《庾子山集注》作『情』。

〔六三〕此句《歷代賦彙》《漢魏六朝百三名家集》作『霞晃朗而下飛，日通曨而上度』。

〔六四〕『愁』，《鮑照集校注》作『催』。

〔六五〕『三』，《歷代賦彙》《漢魏六朝百三名家集》作『四』。

〔六六〕『深』，《歷代賦彙》作『玄』，《全上古三代秦漢三國六朝文》作『元』。

〔六七〕『出幽澗而泉冽』，《漢魏六朝百三名家集》《全上古三代秦漢三國六朝文》作『出磵幽而泉冽』。

〔六八〕『橈』，《歷代賦彙》作『榜』。

〔六九〕此句實出梁簡文帝《採蓮賦》。

〔七〇〕『威』，《鮑照集校注》作『感』。

〔七一〕此句實出鮑照《芙蓉賦》。

〔七二〕『舊』，《鮑照集校注》作『泊』。

〔七三〕『尺』，《歷代賦彙》《漢魏六朝百三名家集》作『仞』。

〔七四〕『敞』，《江文通集彙注》作『蔽』。

〔七五〕「雺」，《歷代賦彙》作「雲」。

〔七六〕此篇《歷代賦彙》《文苑英華》作「玄猿賦」。

〔七七〕「高」，《歷代賦彙》《藝文類聚》作「齊」。

〔七八〕「剌」，《陶淵明集箋注》作「制」。

〔七九〕「而」，《江文通集彙注》作「以」。

〔八〇〕此句《江文通集彙注》作「蕊金光而絶色，藕冰拆而玉清」。

〔八一〕「一」，《全上古三代秦漢三國六朝文》作「十」。

〔八二〕「未」，《歷代賦彙》《漢魏六朝百三名家集》作「失」。

〔八三〕「商」，《歷代賦彙》《全上古三代秦漢三國六朝文》作「宫」。

〔八四〕「雲愁秦而暝色，鴻别燕兮秋聲」，《李太白全集》作「鴻别燕兮秋聲，雲愁秦而暝色」。

〔八五〕「十八歲」，《歷代賦彙》《全唐文》作「十八載」。

〔八六〕「昂」，《歷代賦彙》《全唐文》作「傾」。

〔八七〕「素」，《歷代賦彙》《漢魏六朝百三名家集》《全上古三代秦漢三國六朝文》作「青」。

〔八八〕「曲」，《歷代賦彙》《全唐文》作「里」。

〔八九〕「飛」，《歷代賦彙》《漢魏六朝百三名家集》作「然」。

〔九〇〕「礫」，《歷代賦彙》作「皪」。

〔九一〕「獲賞」，《庾子山集注》作「賞獲」。

〔九二〕「虞邱」，《漢魏六朝百三名家集》作「丘吾」。

〔九三〕「紆」，《歷代賦彙》《全唐文》作「盈」。

〔九四〕「蹃」，《歷代賦彙》《全唐文》作「蹐」。

〔九五〕此篇《歷代賦彙》《全唐文》作「歸魂賦」，下同。

〔九六〕「地」，《七十家賦鈔》作「義」。

〔九七〕「暖」，《歷代賦彙》《漢魏六朝百三名家集》作「曖」；「繳」，《歷代賦彙》《漢魏六朝百三名家集》作「綺」。

〔九八〕「重」，《歷代賦彙》《漢魏六朝百三名家集》作「裡」。

〔九九〕「冷」，《歷代賦彙》《漢魏六朝百三名家集》作「泠」。

〔一〇〇〕此篇《歷代賦彙》《漢魏六朝百三名家集》作「臨觀賦」。

〔一〇一〕「飛」，《歷代賦彙》《漢魏六朝百三名家集》作「炎」；「揮天籟以興音」，《歷代賦彙》《漢魏六朝百三名家集》作「揮天籟而興音」。
〔一〇二〕「高」，《陶淵明集箋注》作「齊」。
〔一〇三〕「羽」，《歷代賦彙》《漢魏六朝百三名家集》作「翔」。
〔一〇四〕「選」，《漢魏六朝百三名家集》作「避」。
〔一〇五〕「又颯沓以鳧連」，《歷代賦彙》作「又颯沓而鳧連」。
〔一〇六〕「鈞魚」，《漢魏六朝百三名家集》作「魚鈞」。
〔一〇七〕「題」，《歷代賦彙》《漢魏六朝百三名家集》作「顯」。
〔一〇八〕「士」，《歷代賦彙》作「生」。
〔一〇九〕「秋」，《歷代賦彙》《漢魏六朝百三名家集》作「清」。
〔一一〇〕「雲」，《漢魏六朝百三名家集》作「露」。
〔一一一〕「貝」，《歷代賦彙》《漢魏六朝百三名家集》作「肙」。
〔一一二〕「飭」，《歷代賦彙》作「飾」；「永」，《歷代賦彙》作「示」。
〔一一三〕「高」，《歷代賦彙》《漢魏六朝百三名家集》作「齊」。
〔一一四〕「以」，《歷代賦彙》作「而」。

〔一一五〕『步』，《漢魏六朝百三名家集》作『憩』。

〔一一六〕『挺』，《漢魏六朝百三名家集》作『提』。

〔一一七〕『微微』，《漢魏六朝百三名家集》作『徵徵』。

〔一一八〕『文』，《歷代賦彙》《漢魏六朝百三名家集》作『雲』。

〔一一九〕『以』，《歷代賦彙》《漢魏六朝百三名家集》作『其』；『翻』，《歷代賦彙》《漢魏六朝百三名家集》作『翩』。

〔一二〇〕『阻』，《歷代賦彙》《漢魏六朝百三名家集》作『坦』。

〔一二一〕『雷』，《歷代賦彙》《漢魏六朝百三名家集》作『靁』；『馳』，《歷代賦彙》《漢魏六朝百三名家集》作『驅』。

〔一二二〕此句實出鮑照《游思賦》。

〔一二三〕『以』，《歷代賦彙》《全上古三代秦漢三國六朝文》作『而』；『海』，《歷代賦彙》《全上古三代秦漢三國六朝文》作『漢』。

〔一二四〕『緣』，《漢魏六朝百三名家集》《歷代賦彙》作『沿』；『而』，《漢魏六朝百三名家集》作『以』。

〔一二五〕「以」，《歷代賦彙》《漢魏六朝百三名家集》作「而」。

〔一二六〕「時」，《歷代賦彙》作「暉」。

〔一二七〕「鴻」，《歷代賦彙》《全唐文》作「猿」。

〔一二八〕「觀」，《歷代賦彙》作「望」。

〔一二九〕「姚孟希」當爲「姚希孟」。

〔一三〇〕「壁」，《歷代賦彙》作「璧」；「桂」，《歷代賦彙》《全上古三代秦漢三國六朝文》作「柱」。

卷三　長句下

綦江戴綸喆吉雙甫稿
及門諸子同校

用於字句　凡三類

懸媚子於搔頭，拭釵梁於粉絮。庾《鏡》
頓珠履於瓊筵，影嬌態於雕梁。《舞影》
哀過鴻於月曉，悲夜猿於霜旻。《七要》
喧密葉於鳳晨，宿高枝於鸞暮。沈《桐》
蔓長柯於簷桂，發黄華於庭菊。《郊居》
照天容於鮷渚，鏡河色於鯋潯。張《海》
思玉步於鳳墀，想金聲於鸞闕。《擬漢武帝李夫人》

飛雲龍於春路，屯神虎於秋方。《東京》

藝芳枳於北渠，樹修楊於南浦。《郊居》

叱風伯於南北，呵雨師於西東。《河東》

養雄神於綺文，蓄奔容於帷燭。《舞馬》

幻蓮花於繡闥，化蒲萄於錦屏[一]。《丹砂可學》

抽紅英於緑蔕[二]，銜素蕊於青跗。《郊居》

拔殘心於孤翠，植晚翫於冬餘。《冬蕉卷心》

界飛流於翠薄，耿長虹於青霄。張《南征》

鬱春華於石岸，艶夏彩於沙汀。《靈邱竹》

吮瓊液於懸峰，吸棍津於晨景。《蜜蜂》

起偉霆於霄際，摧勁木於巖巔。《雷》

籠天地於形内，挫萬物於筆端。《文》

落横釵於袖下，斂垂衫於膝前。簡文《箏》
創百齡於纖隱，積千里於空微。《觀漏》
舒丹霞於九折，混白露於三危。《石》
函邈綿於尺素〔三〕，吐滂沛於寸心。《文》
領三百於無邪，貫五千於有宗。《感物》
馳六龍於三危，朝四靈於九濱。《九嘆》
迎調露於飛鐘，起承雲於驚箭。《舞馬》
謝朝華於已披，啓夕秀於未振。《文》
筵秋月於源潮，帳春霞於秀瀨。張《海》
雲氣蔭於叢蓍，金精養於秋菊。《小園》
蒼龍虬於東岳，白虎嘯於西岡。《神龜》
微風生於輕幰，纖埃起於朱輪。《藉田》
悴緑繁於寒渚，隕豐灌於荒澨。《登凌嚻館》

仁聲惠於北狄，武義動於南鄰〔四〕。揚《羽獵》
奔星更於閨闥，宛虹拖於楯軒。《上林》
壯志屻於蕪塗，忠貞抗於棘路。《白首》
鶤雞舞於南渚，蟋蟀鳴於西堂〔五〕。公孫《月》
菊圖縟於園沼，橘倒飾於池砌〔六〕。《秋羈》
柳色含於遠岸〔七〕，泉鏡流於枉渚。《杜若》
菊散芳於山椒，雁流哀於江瀨。謝《月》
窗藏明於粉壁，柳助暗於蘭閨。庾《燈》
天抗暉於東曲，月倒麗於西阿〔八〕。張《海》
烟浮暉於緹幕，燭籠光於綺疏。《觀舞》
月圖光於綠水，雲寫影於青林。《赤鸚鵡》
箭不麗於六麋，雷無驚於九虎。《哀江南》

桂何用於黄金〔九〕，案寧勞於青玉。《言志》

君奉筆於帝儲，我曳裾於皇穆。《酬德》

地鼎沸於袁曹，人豺狼於楚漢。《傷心》

思風發於胸臆，言泉流於脣齒。《文》

民枕倚於墻壁，路交横於豺虎。《哀江南》

風騷屑於園樹，月籠連於池竹。《郊居》

舟凝滯於水濱，車逶遲於山側。《别》

聽騷騷於既曉，望隱隱於將暮。沈《高松》

哀莫哀於永絶，悲莫悲於生離。《愍志》

軔吾車於箕陽，秣吾馬於潁滸。《顯志》

始飄舞於圓池，終停華於方井。《歲暮直盧》

既捎雲於霄漢〔一〇〕，亦倒影於華池。沈《高松》

不暴骨於龍門，終低頭於馬坂。《小園》

無褰爨於曉蓐，不抱惄於朝蔬。《郊居》

愈自安於蚴蟉，偏無羡於鶴年〔一一〕。《水仙》

非有意於輪軒，本無情於鼓鐘。《小園》

非有待於丹烏，故無勞於白燕。《華林園馬射》

或倒景於重暝，或匿峰於千嶺。《游天台山》

此類雖不及『之』『而』兩類之多，其佳句亦正不少。中如『窗藏明於粉壁』『天抗暉於東曲』『月圖光於緑水』等聯，鍊上三字者也；『哀過鴻於月曉』『喧密葉於鳳晨』『照天容於鮷渚』等聯，鍊下二字者也。俱工雅。唐太宗《小山賦》之『湧菱花於岸腹，劈蓮影於波心』、徐安貞《喜雨賦》之『洗原隰於龍鱗，拂甍標於鳳翼』、王勃《九成宫東臺山池賦》之『驟沖情於月道，飛峻賞於烟墟』『規疊巘於盤龍，憲飛泉於挂鶴』、白敏中《息夫人不言賦》之『指逝波於舊寵，比浮雲於新歡』、失名《七夕賦》之『思纏綿於曉雞，情縈繫於歸鵲』、李白《惜餘春賦》之『披衛情於淇水，結楚夢於陽雲』諸聯情景各佳〔一二〕。○『抽紅英於緑蔕』『馳六龍於三危』等聯四顔色數目字亦足增色。○『雲色蔭於叢蓍』等聯宜單用，蓋活字在第三字也，他類同。○『箭不麗於六麋』一聯亦事雅鍊而輕俊過於他聯。○『始飄舞於圓池』等聯『始』『終』『既』『亦』等字兩相呼應，用之有疏密相間之致，他類同。

江斐於是往來，海童於是宴語。《吴都》

采鼇於是泛波，文魚於是登岸。《涉江》

倚弓於玉女窗扉，繫馬於鳳皇橋柱〔一三〕。《哀江南》

朱桂黝儵於南北，蘭芝阿那於東西。《魯靈光殿》

惠風佇芳於陽林，醴泉涌溜於陰渠。《游天台山》

紫金揚暉於鴻崖，水精潛光於雲穴。《魯都》

馬武無預於甲兵，馮唐不論於將帥。《哀江南》

此類如『倚弓於玉女窗扉』聯，非庾信不能開此生面。唐王棨《珠塵賦》『半穿圓隟，影寒於雲母屏中；或委空林，光亂於水晶簾裏』一聯可云步武〔一四〕。至黄滔《漢宫人誦洞簫賦》之『九重帝子，俄聆於玉韵金聲；兩掖佳人，争致於瑶編繡軸』、元稹《五色祥雲賦》之『昭示於公侯卿士，莫不稱萬歲者三；並美於麟鳳龜龍，可以與四靈爲五』字數雖同，句法變也。微之四語矯健異常，然必以氣運之而後可，不然木偶人耳。陸龜蒙《採藥賦》之『酒疲於子建爲使，花困於靈均作媒』、宋田錫《雁陣賦》之『羽翼自高，不讓於漢家飛將；烟霞遠没，疑沉於胡土孤軍』句法又變。〇『朱桂黝儵』等聯實字過多，未免樸拙，惟庾信『馬武無預於甲兵』二句語不板滯，最爲唐人所取則焉。王棨《秋夜七里灘聞漁歌賦》云：『泛濫扁舟，逸興無慚於范蠡；沉浮芳餌，高情不減於嚴光。』黄滔《送君南浦賦》云：『争得枝間比翼，更同於越鳥；只應波上離群，便逐於燕鴻。』《漢宫人誦洞簫賦賦》云：『三千玉貌，皆吟鳳藻於春風；十二瓊樓，不唱鸞歌於月夜。』〔一五〕『時時桂席驚飄舞雪於羅衣，往往蘭臺誤下歌塵於練棟。』〔一六〕植義颺辭，均有情文相生之致。若李華《含元殿賦》『星鎚電交於萬堵，霜鋸冰解於千尋』二語挾聲獎氣，自鑄偉詞，更足凌轢古人。

附雜句

低垂於霜露，撼頓於風烟。《枯樹》

寫情於萬里，精思於一隅。《紙》

楚築章華於前，趙建叢臺於後。《東京》

隋侯於是鄙其夜光，宋玉於是陋其結緑。《吴都》

生必耀華名於玉牒，殁則勒洪伐於金丹〔一七〕。《七命》

此類亦有宜律之句，非正調也。唐杜甫《有事於南郊賦》云：『甲胄乘陵，轉迅雷於荆門巫峽；玉帛清迥，霽夕雨於瀟湘洞庭。』鴻整足尚。近人律賦中有『藏世界於一粒粟中，煮山川於半升鐺内』『想提筐於撲蝶園中，聽響屧於祈蠶市上』之語，即其句法。又陳慶鏞《擬常衮春蒐賦》：『震羽檄於千三百里，耀旌旄於四十九旗。』二句不減老杜。

用則字句　凡三類

大則有鯨有鯢，小則爲梟爲獍。《哀江南》

上則雲布雨施，下則山藏海納。《華林園馬射》

心則歷陵枯木，髮則睢陽亂絲。《小園》

小則戲渚成文，大則噴流揚日〔一八〕。《郊居》

山則蒼蒼入漢，水則涓涓不測。《蕩婦秋思》

地則石鼓鳴山，天則金精動宿。《哀江南》

綵則錦市俱移，錢則銅山合徙。《華林園馬射》

始則地名全節，終則山稱枉人。《哀江南》

樹則園植萬株〔一九〕，竹則家封千户。《哀江南》

抗旍則威噞秋霜，摛翰則華縱春葩。《魏都》

縱撞則八紘摧隤〔二〇〕，鼓怒則九紐折裂。張《海》

諸侯則鄭伯前驅，盟主則荀罃暮至。《哀江南》

陸機則兄弟同居，韓康則甥舅不别。《小園》

蛾飄則碎花亂下，風起則流星細落。庾《燈》

關山則風月悽愴，隴水則肝腸斷絶。《小園》

臨水則池中月出，照日則壁上菱生。庾《鏡》

小山則叢桂留人，扶風則長松繫馬。《枯樹》

東門則鞭石成橋，南極則鑄銅爲柱。《哀江南》

李衡則橘樹千林〔一一〕，石崇則梂果萬株。《郊居》

陶侃則空裝米船，顧榮則虚摇羽扇〔一二〕。《哀江南》

修林則表以桂樹，列草則冠以芳芝。《郊居》

此類句法始《書》『知人則哲，安民則惠』二句，荀况《雲》《禮》二賦用之，漢魏後左思、庾信爲工，左猶古調，而庾則層見叠出，無一不清新也。○六字句句法漢魏及唐人罕有，近人『魚則横海之鯨，鳥則避矰之雁』聯亦佳。〇七字句句法唐人最多，如王泠然《止水賦》之『浮芥則敖吏措杯，種瓜則幽人抱甕』、李子卿《聚雪爲小山賦》之『峽裏則秋月長懸，封中則曉雲猶白』、失名《駕幸芙蓉園賦》之『鳴管則嬌鳥不飛，拂簟則輕花自落』、陸龜蒙《採藥賦》之『問人則不屈不宋，説地則非瀟非湘』、皇甫松《大隱賦》之『雲歸則千峰臥緑，桃飄則一川踏紅』均雅麗。國朝紀昀《白玉琯賦》『其地則二萬里餘，居鄰柳谷，其人則三千年後，手種桃花』一聯衍爲長調〔一三〕，工絶秀絶。〇『則』字上有用三字者。失名《天賦》云：『憫鄒衍則嚴霜下降，應陳實則繁星夜聚。』〔一四〕陸龜蒙《採藥賦》云：『鄭交甫則江邊佩解，萼緑華則席上詩成。』亦叶。國朝端木國瑚《定香亭後賦》云：『吟芳草則兩字鷓鴣，悵落花則一聲杜宇。』何新雋乃爾。

鳴鞭則汗赭，入埒則塵紅。《華林園馬射》

睚眦則挺劍，喑嗚則彎弓。《吴都》

銜使則蘇屬國，震遠則張博望。《西征》

扣角則春氣至，彈商則秋風征。下《許昌宫》

撫促柱則酸鼻，揮危絃則涕流。《七命》

開建陽則朱炎艷，啓金光則涼風臻〔二五〕。何《景福殿》

此類前數聯尚短峭。

附雜句

慘則尠於歡，勞則褊於惠。《西京》

視之則眇眇，望之則冥冥。《小言》

奮之則賨旅，翫之則渝舞。左《蜀都》

處沃土則逸，處瘠土則勞。《西京》

上則崇稽古之宏遠〔二六〕，下則闡長世之善經。何《景福殿》

遲至則如陸沈〔二七〕，輕疾則如水漂。《笑》

盈尺則呈瑞於豐年，袤丈則表珍於陰德〔二八〕。《雪》

所好則鑽皮出其毛羽，所惡則洗垢求其瘢痕。《疾邪》

吐哀也則瓊瑕失緌，銜樂也則鉛堊生潤。《横吹》

匹夫隆之則爲聖人，諸侯隆之則一四海。《禮》

競其區宇，則並疆兼巷；矜其宴居，則珠服玉饌。《吴都》

耽精直視則曾邱磈，㹃嚇奔逸則重闉開〔二九〕。《大狗》

喧嘩鼎沸，則哤聒宇宙；囂塵漲天，則埃壒曜靈。左《蜀都》

窺東山之府，則瓌寶溢目；覵海陵之客，則紅粟流衍〔三〇〕。《吴都》

用兮字句　凡四類

朝馳騖兮江皋〔三一〕，夕弭節兮北渚。《湘君》

蟬有翳兮不驚，雉無羅兮何懼。《小園》

鳥何萃兮蘋中，罾何爲兮木上。《湘夫人》

麋何爲兮庭中，蛟何爲兮水裔。《湘夫人》

天與水兮相逼，山與雲兮共色。《蕩婦秋思》

欣莫欣兮春日，悲莫悲兮秋夜。《悲秋夜》

波滔滔兮來迎，魚鄰鄰兮媵予。《河伯》

燈熒熒兮如故，帷飄飄兮若存。潘《悼亡》

波沄沄兮無底，山森森兮萬重。《游思》

上蕪蕪兮除景〔三二〕，下田田兮被谷。《游後園》

雲承宇兮藹藹，風入室兮泠泠。《愍思》

乘白駒兮皎皎，游窮谷兮藹藹〔三三〕。《逸民》

望波際兮曇曇，眺雲間兮灼灼。《游思》

采薜荔兮水中，搴芙蓉兮木末。《湘君》

挂青蘿兮萬仞，竪丹石兮百重。《江上之山》

燿金波兮繡户，列銀燭兮蘭居〔三四〕。《舞影》

馮修坂兮停車，臨寒泉兮飲馬。《登虎牢山》

看縹芰兮出波，擘緗簾兮映渚〔三五〕。江《芙蕖》

假青條兮總翠，借黄葉兮舒金〔三六〕。《青苔》

高岑直兮蔽景，修坂出兮架天。《八公山》

撥蒙密兮見窗，行欹斜兮得路。《小園》

尋峻路兮峥嶸，臨芳水兮悠裔。《逸民》

冠北辰兮茇峨，帶長虹兮陵厲。《九詠》

爾湘水兮深沈，我前山兮眇默。《傷友人》

乘水車兮荷蓋，駕兩龍兮驂螭。《河伯》

蕙肴蒸兮蘭藉，奠桂酒兮椒漿。《東皇》

魚鱗屋兮龍堂，紫貝闕兮朱宫。《河伯》

值秋雁兮飛日，當白露兮下時。《别》

可班荆兮贈恨，惟尊酒兮叙悲[三七]。《别》

如涉川兮無梁，若凌虚兮失翼。潘《寡婦》

令飄風兮先驅，使凍雨兮灑塵。《大司命》

步余馬兮山皋，邸余車兮方林。《九辯》[三八]

捐余玦兮江中，遺余佩兮澧浦。《湘君》

此類佳句亦多，雖其句調有可易『之』字、『於』字者，究不如『兮』字之跌宕生姿也。屈原『朝馳騖兮江皋』『鳥何萃兮蘋中』等聯已佳[三九]，况六朝耶？○『波滔滔兮來迎』等聯用疊字好，凡詩賦言情言景處有疊字以狀之，覺更宛然。唐何迴《焚柴賦》：『福福應兮飛燄，神神來兮駕烟。』二句疊實字，新。○『爾湘水兮深沈』聯用『爾』『我』字有情，『魚鱗屋兮龍堂』聯句奇，豈屈原亦事鍊句耶？『值秋雁兮飛日』聯輕逸。○唐許敬宗《掖庭山賦》云：『花同林兮異彩，鳥各囀兮相和。』李德裕《畫桐華鳳扇賦》云：『樹韡韡兮霞舒，鳥爛爛兮星布。』[四〇]李白《惜餘春賦》云：『水蕩漾兮碧色，蘭葳蕤兮紅芳。』劉禹錫《秋聲賦》云：『送將歸兮臨水，非吾土兮登樓。』汪應時《曆象賦》云：『戒黄人兮守日，顧青女兮爲霜。』均巧密。國朝端木國瑚《定香亭》：『友相問兮冰心，世不知兮仙骨。』『吟緑波兮天上，餞紅日兮亭西。』『蝴蝶黄兮春風，蜻蜓緑兮秋雨。』王家相《春陰》：『霏空翠兮千重，墜長紅兮一二。』孫原湘《擬小園》：『風散暖兮交香，影篩寒兮互緑。』顧晋采《擬採蓮》：『花無語兮脉脉，水何心兮鱗鱗。』吴錫麒《采菱》：『氍密葉兮疏莖，弄深青兮淺紫。』羅繞典《聽鶯》：『掠蘭風兮黄小，刷花露兮紅尖。』汪翼鯤《金鴨鑪》：『配銅雀兮半瓦，徹鏡蟾兮一簾。』亦佳。

悲莫悲兮生别離，樂莫樂兮新相知。《少司命》

怨復怨兮遠山曲，去復去兮長河湄。《别》

珠與玉兮艷暮秋，羅與綺兮嬌上春。《别》

秋風起兮秋葉飛，春花落兮春日暉。《蕩婦秋思》

春草暮兮秋風驚，秋風罷兮春草生。《恨》

彤殿閉兮素塵積〔四一〕，翠所蕪兮紫苔生。《擬漢武帝李夫人》

北風枍兮絳花落，流水散兮翠萻疏。《去故鄉》

華殿塵兮玉階苔，中庭萋兮緑草生。《自悼》

暮氣起兮遠岸黑，陽精滅兮天際紅。《游思》

惠氣湛兮帷殿肅，清陰起兮池館凉。《游後園》

秋露下兮點劍舄，春苔生兮綴衣巾。《思北歸》

抗南箕兮簸瓊蕊，挹天河兮滌玉觴。《九詠》

綺羅畢兮池館盡，琴瑟滅兮邱隴平。《恨》

天闕决兮地垠開，八荒協兮萬國諧。《甘泉》

追虎豹兮鞭魍魎〔四二〕，憚夔龍兮怖蛟螭。《南都》

曳綃裾兮拖瑶佩，簪羽釵兮珥鳴璫〔四三〕。《觀舞》

來無間兮進無聞〔四四〕，泣下雨兮嘆成雲。《九詠》

雷填填兮雨冥冥，猿啾啾兮又夜鳴。《山鬼》

霜翦蕙兮風摧芷，平原晚兮黄霧起〔四五〕。《去故鄉》

入不言兮出不辭，乘回風兮載雲旗。《少司命》

織錦曲兮泣已盡，迴文詩兮影獨傷。《別》

夏簟清兮晝不暮〔四六〕，冬釭凝兮夜何長。《別》

氣已滛兮曉未半，星雖流兮夜何極〔四七〕。《麗色》

猿之吟兮日光迴，狖之啼兮月色寒。《思北歸》

顧子節兮湘之區〔四八〕，承君玩兮堂之隅。《甘》

此類如『悲莫悲兮生離別』二句，見古《杞梁妻》歌，以『滄浪』四語例之，屈原蓋襲舊也。江淹變爲『怨復怨兮遠山曲』，句法已覺婉曲。唐太宗《小池賦》『疊風紋兮連復連，折迴流兮曲復曲』、國朝尤侗《淚賦》『山復山兮道里長，春復春兮音書絶』二聯，一疊句末，一疊實字，變而又變，妍巧極矣。○『珠與玉兮艷暮秋』三聯風調絶倫，當是江淹、梁元帝得意句。趙冬曦《文》云：『荆有玉兮玉爲音，湘有芷兮芷爲心。』亦能自出心裁。○『彤殿閉兮素塵積』以下均濃艷。○『雷填填兮雨冥冥』聯與下『崟崟兮峨峨』聯以叠字見蒼蒼莽莽之致。唐闕名《七夕賦》『獨盈盈兮一水間，空望望兮三秋日』聯凄清，劉禹錫《望賦》『風蕭蕭兮北渚波，烟漠漠兮西陵樹』聯哀艷。○『猿之吟兮日光迴』二聯用『之』字切情附物，倍覺可觀。

崟崟兮峨峨，凄凄兮漇漇。《招隱士》

飛飛兮海濱，去去兮迎春。徐《鴛鴦》

石瀨兮淺淺，飛龍兮翩翩。《湘君》

緪瑟兮交鼓[四九]，簫鐘兮瑶簴。《東君》

菌蕙兮蘭席[五〇]，蕙幬兮苓牀。《九詠》

緑房兮翠蓋，素實兮黄螺。《采蓮》

積芳兮選木，幽蘭兮翠竹。《游後園》

桂櫂兮蘭枻，斵冰兮積雪[五一]。《湘君》

銜華兮佩實，垂緑兮散紅。《愍衰草》

嵯峨兮岩崿，如斲兮如削。《江上之山》

北山兮黛柏，南谿兮赬石。《悦曲池》

暮氣兮十里〔五二〕，朝霞兮千尺。《悦曲池》

波潮兮吐納，嵁峰兮積沓。《江上之山》

被藉兮烟霞，懷佩兮星虹。《桐》

左右兮魂動，賓親兮淚流〔五三〕。《别》

赬岸兮若虹，黛樹兮如畫。《悦曲池》

夏木兮結莖，春鳥兮愁鳴。《思友》

秋水兮駕浦，凉烟兮冒虹。《别》〔五四〕

平隰兮亘岸，通川兮瀉壑。《游思》

竦臆兮開萍，蹙水兮興浪。《天淵水鳥》

仰盡兮天經，俯窮兮地絡。《游思》

昔時兮春日，昔日兮春風。《愍衰草》

從風兮前侶駛，帶暗兮後群驚。《夜亭度雁》

火歇兮秋氣生，風起兮秋潦清。《臨秋》

原野蕭條兮烟無依，雲高氣静兮露凝衣。《愁思》

野草變色兮莖葉稀，鳴蜩抱木兮雁南飛。《愁思》

樂毅奔趙兮燕亦是喪，武安賜命兮昭以不王。《悼騷》

鸞鳳伏竄兮，鴟鴞翱翔；闒茸尊顯兮，讒諛得志。《弔屈原》

此類如『飛飛兮海濱』等聯五字句，時景題亦可單用。○『樂毅奔趙』三聯少贅，明夏言《瑞雲承月賦》『金桂婆娑兮繡如綺霞，銀蜍陸離兮文如翠圃』聯尚不嫌。○唐纥于俞《望海日初出賦》『照耀兮驪珠潛吐，曭朗兮龍燭忽生』、王棨《曲江池賦》『蒹葭兮葉葉凝雪，楊柳兮枝枝帶風』、失名《日月如合璧賦》『麗萬室兮瑶臺共美，泛千林兮瓊樹争妍』、黄滔《秋色賦》『松柏風高兮歲寒出，梧桐蟬急兮烟翠死』、喬潭《霜鐘賦》『沉寥兮日暮而天皛，蕭瑟兮霜落而風清』、國朝沈清瑞《范大夫移家船賦》『錦鬣銀刀兮網重，黄梅白雨兮帆遲』『露箔烟檣兮留画舸，榜謳溪笛兮來罟師』、朱彞尊《春嵬賦》『兔趯趯兮淺草之叢，鹿呦呦兮平林之塢』、劉輝《擬陸魯望苔賦》『杳復杳兮池塘烟水，緑更緑兮鸕鶿芳洲』、程祥棟《杏花春雨江南賦》『千里兮遥山遥水，一燈兮如霧如烟』、王治《擣衣賦》『舍南舍北兮誰是莫愁，花落花開兮都成無賴』等聯均雕色賁華。

附雜句

禍兮福所倚，福兮禍所伏。《鵩》

至崑崙之懸圃兮，采鍾山之玉英；擥瑶木之橝枝兮，望閬風之板桐。《哀時命》

卷薜芷與若蕙兮，臨湘淵而投之；混申椒與菌桂兮，赴江湖而漚之。《反離騷》

虞韶美而儀鳳兮，孔忘味於千載；素文信而底鱗兮，漢賓祚於異代。《幽通》

用其字句　凡三類

霏雪潤其緑蕤，商風理其勁条。《枇杷》

北山亡其翔翼，西海失其游鱗。《吴都》

百神翳其備降，九疑繽其並迎。《離騷》

温房承其東序，凉室處其西偏。何《景福殿》

當時𠷎其功利，後世賴其英聲。何《景福殿》

水奔湍其如電，聲疾裂其如風〔五五〕。《建安城門峽》

此類如『水奔湍其如電』聯亦勁，『其』字如改『兮』字較爲生動，然而靡也。

鸞鷟鵷雛翔其上，騰猿飛蝙棲其間。《南都》

丹沙赩熾出其坂，蜜房郁毓被其阜。左《蜀都》

陽靈停曜於其表，陰祇濛霧於其裏。《魏都》

勁秋不能凋其葉，芳春不能發其華。《幽人》

九方不能測其天機，秦公不能究其妙理。《乘輿馬》

丹水涌其左，醴泉流其右。宋《笛》

高祖階其塗，光武攬其英。《南都》

甘露潤其葉，醴泉漸其根。《七激》

麒麟臻其囿，神爵棲其林。揚《羽獵》

此類首二聯古賦常調。○唐黄滔《融結爲河嶽賦》云：『龜負龍擎，文籍其陽九陰六；共觸愚移，傾缺其天樞地軸。』〔五六〕王起《轅門射戟枝賦》云：『若嗤同失鵠，我藝自忝其叠雙；倘妙等麗龜，爾心固宜其如一。』〔五七〕二聯聲理有爛，迥不猶人，五七字句最難合拍，輔文妙於運典，韵足亦新，故爾不嫌。○『丹水涌其左』句法古賦更多，姑録數語以備體。

附雜句

其招風也利，其播氣也平。《陸羽扇》

其會意也尚巧，其遣言也貴妍。《文》

德與道其孰寶，名與身其孰親。《顯志》

漂翻翻其上下，翼遥遥其左右。《悲回風》

紛總總其離合，斑陸離其上下。《離騷》

此類起二聯鋪叙尚宜。

用者字句　凡二類

文斜者百圍冰碎，理正者千尋瓦裂。《枯樹》

正其末者端其本，善其後者慎其先。《藉田》

公於公者彼我同，私於私者自相悲。《悲士不遇》

此類句法用者甚少，首一聯尚工，唐陸龜蒙《採藥賦》『侍笑者青琴作號，顧謂者碧玉爲心』聯青勝於藍〔五八〕。又《中酒賦》『編虎鬚者寧教畔去，持蟹螯者不要相逢』聯亦洽。又常暉《大舟賦》『鑿昆明者四十里，坐豫章者一萬人』聯新穩。國朝李隆萼《漁村賦》之『比鄰者數十家，沿水者二三里』從常句來。又胡琨《冶亭贈扇賦》云：『以藹如者滌其如夢，以穆如者澹其如沸。』奇矯。

附雜句

聚者成邱陵，散者填溪谷。《校獵》

擁之者龍騰，據之者虎視。《吴都》

抱景者咸叩，懷響者畢彈。《文》

犯之者其罪死，驚之者其刑深。《諫格虎》

周天者因其敏〔五九〕，分地者賴其平。《漏刻》

新沐者必彈冠，新浴者必振衣。《漁父》

頭會箕斂者，合從締交；鋤耰棘矜者，因利乘便。《哀江南》

大者可以爲宫室臺榭，小者可以爲舟輿浮瀛。《山川頌》

此類如『犯之者其罪死』六字句等聯亦宜於律，須單用之。賦以四六字爲正宗，故凡六字者多於律宜。

用與字句　凡三類

別艷姬與美女，喪金輿及玉乘。《別》〔六〇〕

斂慧性及馴心，騫赬翼與青羽。《翡翠》

吟黄烟及白草，泣虜軍與漢兵。《横吹》

灑金花及珠屐，佩綺袂與錦紳〔六一〕。《麗色》

鎮雄蛟及雌虺，颸獨鵾與單鷹〔六二〕。《横吹》

畦留夷與揭車，雜杜蘅與芳芷。《離騒》

合五岳與八靈，詔九魁與六神〔六三〕。《九嘆》

功與造化争流，德與二儀比大。《七命》

邪與肅慎爲鄰，右以暘谷爲界〔六四〕。《子虚》

此類如『别艷姬與美女』等聯句始《離騷》，六朝用者尚多，今之律賦恐非宜也，然在行家亦有單用及之者，『功與造化争流』聯亦然。

庯蜀與鵻鵲同巢〔六五〕，勾吴與鼃黽同穴。《魏都》

翠葉與飛雲争來〔六六〕，貞柯與曾冰競鮮。《靈邱竹》

貞灰與邪燼迭御，芳烟與苦蘭競薰。《艾》

落花與芝蓋齊飛，楊柳共春旗一色。《華林園馬射》

此類以『落花』聯爲優。唐王勃『落霞與孤鶩齊飛，秋水共長天一色』二語，楊昇庵以爲得之『落花』『芝蓋』及《文選・褚淵碑》『風儀與秋月齊明，音徽與春雲等潤』、隋《長壽寺舍利碑》『浮雲共嶺松張蓋，明月與巖桂分叢』諸聯，李雨村又以爲本之『翠葉』『飛雲』，而不知左思之『庯蜀』『鵻鵲』已爲開山手也，特工秀遜後人耳。

附雜句

殷湯有卞隨與務光，周武有伯夷與叔齊。《士不遇》

用如字句　凡二類

弓如明月對堋，馬似浮雲向埒。《華林園馬射》

鬚似麥穟平垂〔六七〕，眼如豆角中劈。《劇鼠》

引如征鴻赴沼，布若群鵲依枝。梁宣《圍棋》〔六八〕

熻若群翡俱棲，爛若百枝並然。張《安石榴》

侈若天星之列，閃如流電之光〔六九〕。夏侯《彈棋》

或如龍盤虎踞，復似鸞集鳳翔。《文木》

譬如冬雪既潔，將似秋月至徹。《傷友人》

此類以首二聯爲工，律賦須酌用之。〇『龍盤虎踞』二聯可冠之長排。

附雜句

停之如棲鵲，揮之如驚鴻。《扇》

其生也若浮，其死也若休。《鵩》

飄如飛鴻之遭驚風，眇如輕雲之麗太陽。《寒蟬》

灼灼若朝霞之映日，離離如繁星之著天。《荔枝》

髣髴兮若輕雲之蔽月，飄颻兮若流風之迴雪。《洛神》

嚶若離鵾鳴清池，翼若浮鴻翔曾崖。嵇《琴》

磊若驚山竭嶺以練石〔七〇〕，鬱若飛烟奔雲以振霞。木《海》

其材色也如芸之黄，其爲香也如蘭之芳。《瓌材枕》

其荷衡也躍似驚禽〔七一〕，其即行也翬若游鷹。《七興》

其始見也，若紅蓮鏡池；其少進也，如緑雲出崖〔七二〕。《麗色》

遠而望之，若丹霞照青天；近而觀之，若芙蕖鑒緑泉〔七三〕。《宜男花》

遠而聽之，若鸞鳳和鳴戲雲中；迫而察之，若衆葩敷榮曜春風。嵇《琴》

俯而察之，如亢燭龍而照四方〔七四〕；仰而觀焉，若披丹霞而鑒九陽。《朝會》

熠熠熒熒，若丹英之照葩；飄飄熲熲，若流金之在沙。潘《螢火》

沈辭怫悦，若游魚銜鈎而出重淵之深；浮藻聯翩，若翰鳥纓繳而墜曾雲之峻。《文》

此類是漢魏以來作者形容景物處敷衍之法，唐人猶風尚焉，今之律賦非宜，即古賦亦常調耳，不足多，然而譬喻古雅，不似後人一味纖小，故收之以存其本色。

○『其材色也』等聯鋪叙尚宜。

用乎字句　凡二類

暉曜連乎白日，旌旐繼乎電光。《神武》

得意同乎卷懷，違方似乎仗氣。《答陸倕感知己》

精不離乎魚喙，思不出乎鮒鯿。《釣》

祗慎乎所常忽，敬備乎所未防。《赭白馬》

規矩既應夫天地，舉措又順乎四方〔七五〕。何《景福殿》

此類如『暉曜連乎白日』句法，明方孝孺《友筠軒賦》『蒼雪灑乎涼颸，緑陰蔽乎青晝』聯尚幽艷。○『規矩既應夫天地』聯宜律。明高道素《上元賦》：『鰲山對峙乎鳳閣，虹橋直貫乎蚪檐。』『千街静掃乎塵霧，萬簾高卷乎晴烟。』四語藻麗。又唐王起《元日上公獻壽賦》云：『拱北辰之尊，不異乎台居列宿；獻南山之壽，更聞乎岳視三公。』〔七六〕張仲素《山呼萬歲賦》云：『獨得乎數千百祀，何慚乎七十二君。』〔七七〕賈餗《中和節百辟獻農書賦》云：『是蓑是蓑，將致乎千斯倉；爰始爰謀，必因乎四之日。』〔七八〕句法均佳。王聯亦五七字句，音節甚調，賈聯不學可也。失名《句》云：『宅盤踞乎瀇滮，聲薄激乎雷霆。』調古而鍊。

忭舞乎康衢，謳吟乎聖世。《藉田》

體象乎天地，經緯乎陰陽。《西征》

西合乎濛汜，東苞乎扶桑。《五湖》

窮之乎莫殫，究之乎無端。《梁王菟園》

不用虚字句

三春負鋤相識，五月披裘見尋。《小園》

朝吐輕烟薄霧，暮宿迷島羈雌[七九]。沈《高松》

南馳蒼梧漲海，北走紫塞雁門。《蕪城》

遠亘紫林祕埜，近匝玉苑禁坰。《靈邱竹》

班述陸海珍藏，張叙神皋隩區。《西征》

賨過珊瑚同樹，價值瓊草共枝。《麗色》

此類如『三春負鋤相識』聯新穎，唐王棨《凉風至賦》：『張翰庭前暗度正憶鱸魚，班姬帳下爰來已悲紈扇。』聯頗似。〇『朝吐輕烟薄霧』等聯尚整飭，宋范仲淹《齏賦》：『陶家甕内，淹成碧緑青黄；措大口中，嚼出宫商角徵。』新可解頤。此類雖無虚字，亦有『相』『見』『吐』『宿』等活字以舒其氣，不然滯也。國朝吴錫麒《調水符賦》云：『冉冉廿年春夢，寥寥一局枯棋。』《采菱賦》云：『年年閒恨閒愁勾留不少，處處秋風秋雨狼藉偏多。』《風雨懷人賦》云：『三月春風省識，十年舊雨盤桓。』《秋海棠賦》云：『溼螢閃閃相照，瘦蝶依依對翔。』《秋聲賦》云：『幾人攬鬢先霜，童子開門有月。』《春陰賦》云：『幾番燕子惺忪，一樹梨花明白。』顧元熙《酒旗賦》云：『冷支一帶溪山，暝入滿城樓閣。』《蕉雨賦》云：『空庭千點萬點，孤枕三聲兩聲。』齊彦槐《李謫仙訪許宣平賦》云：『尋來歷歷，四百八寺烟霞；望去冥冥，三十六峰雷雨。』吴振棫《秋柳賦》云：『千絲萬絲暮雨，三點兩點寒鴉。』陳本欽《分秧及初夏賦》云：『輕寒輕暖天氣，半村半郭山莊。』應時良《緑陰賦》云：『荏苒鶯花時節，藏得鳩啼；描摹桑柘人家，催將蠶浴。』李隆萼《竹露賦》云：『疏星欲落不落，薄雨將成未成。』《瀟湘春曉賦》云：『渡唤溪灣緑處，酒沽村路紅邊。』《漁村賦》云：『日日蓑披飲後，家家網曬晴初。』《秋色賦》云：『斷蓼凉邊鷺一，寒蘆影外鷗雙。』黄章廷《張謂觴李白於湖上賦》云：『茶社衣香四座，燈船簫鼓三更。』孔昭義《棋聲賦》云：『驚殘蝶夢蘧蘧，簸動花魂颭颭。』朱炳垣《紫雲曲賦》云：『翛翛有出塵想，恍疑緱嶺笙吹；淵淵作擲地聲，始信鈞天樂廣。』是皆鈎心鬭角，欲别樹幟于古人後者。

雜用虚字句　凡三類

青壇蔚其嶽立，翠幕黕以雲布。《藉田》

初莖蔚其曜新，陳柯槭以改舊。《射雉》

灌莽杳而無際，叢薄紛其相依。《蕪城》

悽風愴其鳴條，落葉翩而灑林。《歲暮》

青雲鬱其西翔，飛鳥翩而上匿。曹《感節》

豐顏曄而朝榮，元髮粲其夕皓。《歲暮》

修欄蔭於階砌，崇棟拂乎旻蒼。卞《許昌宫》

旗旐翼如游風，羽毛紛其拂雲〔八〇〕。《大將軍西征》

色練練而欲奪，光炎炎其若神。《麗色》

晝忽忽其若昏，夜炯炯而至明。《傷天》

蟬冕熲以灼灼，碧色肅其芊芊。《藉田》

風去蘋其已開，日登桑而先見。《思田》

木每春其必華[八一]，草無朝而遺露。《嘆逝》

形綿靡而多態，氣凌厲其如芒。《書》

起龍塗於靈步，翔螭道之神飛。張《海》

澄碧源之見底，聳翠壁以臨危。《貞女峽》

標素嶺乎青壁，葺赭文於翠嶂[八二]。張《南征》

聽奔沸於洲嶼，望晻曖乎烟沙[八三]。《愍塗》

飛英明於對溜，積氳氤而爲峰。《入道至人》

剖柔胎於孕豹，宰潛肝乎豢龍。《七徵》

抱六藝而卷舒，敷五經之典式。《書槐》

植神木與靈草[八四]，紛蓊蔚以參差。楊《許昌宫》

詔燭龍使吐火，運混元以陶甄。《承露盤》

前望舒使先驅，後飛廉使奔屬。《離騷》

眷摇落兮遵盡，悲荏苒其云除。《寒夜》

豈榆柳之比性，指萱椿而等齡〔八五〕。謝《高松》

類隻鸞於合鏡，似雙鴛之共翔。《舞影》

惟音華與書酒，伊楚越兮南北。《傷友人》

乃抽葉而露始，亦結實於星沉。《梧桐》

昔之虎踞龍盤，加以黄旗紫氣。《哀江南》

始則鐘石鏘鋐，終以魚龍爛漫〔八六〕。《郊居》

時卷瑶臺翠帳，乍動佚女輕衣。沈《擬風》

不見春荷秋槿，惟聞秋蟬冬蝶〔八七〕。《吴城》

東有鑄劍殘水，西有舞鶴故壢。《吴城》

動静必觀於物，消息各隨乎時。《尺蠖》

山川於是搖蕩，草木爲之摧撥。王《羽獵》

娥英之所游往，琴馮是焉去來。《水仙》

繐帷一朝冥漠，西陵忽其葱楚。《郊居》

逸翰由而暫斂，雄心爲之自局。魏《鷹》

壯顔變成衰容，神材比爲愚蒙〔八八〕。《藏鈎》

此類虛字雜用，古人相文行勢不得已而爲之，與同一字者有間。○『昔之虎踞龍盤』以下宜於長排。陸龜蒙《采藥賦》云：『只言長信長門，年年可恨；未必傾城傾國，箇箇生悲。』『莫與心傷瑶圃，從驚鵾鴂；如防膽怯空屏，宜畫魁堆。』『若遇劉公伯雅，夢亦沉沉；如逢王母少兒，晝還數數。』《書帶草賦》云：『有味非甘，莫共三山芝校；無香可媚，難將九畹蘭争。』《中酒賦》云：『愁應平子分與，渴是相如傳得。』《賦話》云：『魯望刻意生新，句調之奇變、音韵之妍靡，殆評書家所謂「行間茂密，實亦難過」者也。』○國朝何栻詠史題慣用長句，筆酣墨飽，興會淋漓，尚足助人才氣。《項王垓下聞楚歌》云：『一霎風號虎帳，酒酣時身世都非；千秋波咽烏江，浪淘盡英雄如是。』『竦諸侯壁上之觀，臂使八千子弟；背義帝關中之約，手提百二山河。』『鬭智絀而鬭力羸，善戰終嬰天忌；私仇多而私恩少，分彊尤盩人和。』『悔未手鏦項伯，竟完功狗於興劉；祇應舌爛韓生，猶笑沐猴於傖楚。』『帳中應喑噁之聲，獨嘆逝騅不利；隍下破倉皇之夢，始知得鹿非真。』『豈期相偉，重瞳壽攷異蒼梧之狩；不分兵譁，十面荒凉同黄竹之歌。』『婦人仁而匹夫勇，夙疑此論非公；敵國破而謀臣亡，堪笑何王不假。』《南霽雲拔刀斷指》云：『何面目更相見也，要知唇齒皆寒；好頸項誰當斫之，早決頭顱如寄。』『恨未椎携力士，徑收晋鄙之軍；枉教首頓包胥，空效秦庭之泣。』《齊姜醉遣晋公子》云：『却借杯交鸜鵒，慰去家去國之思；從教佩戢鴛鴦，極憐我憐卿之意。』『惟是諸君子者，藉林下以叢談；孰知有婦人焉，翳桑見而俯眄。』『想從者雲龍風虎，安能墨墨爲懷；慨寓公春燕秋鴻，不覺蒼蒼在鬢。』『嘆嘉耦翻成怨耦，可堪鏡對孤鸞；悔有情莫若無情，空爲窟謀狡兔。』《梁夫人桴鼓助戰》云：『銜金支翠羽之光，莫謂美人傾國；壯錦織繡旂之色，肯容小醜跳梁。』『帷壇驚大漢之軍，不櫛安能將將；板屋賦小戎之什，同裳豈但夫夫。』『倘畫像麒麟閣上，定應多買臙脂；即提兵鵝鸛營中，不啻輕拈針綫。』『何事六橋，花柳湖山賡偕隱之詩；至今兩岸，菰蒲風雨效當年之戰。』諸賦見《賦學正鵠集》中。又吴錫麒《春秋緑波》云：『就使花全作絮，猶留波面之萍；正當葉易成陰，又换天涯之樹。』《王右軍題扇橋》云：『画出酒旗疏柳，斷紈之零落年年；添來野水寒鴉，濃墨之糢糊片片。』《采菱》云：『只怕灣頭葉爛，飄如蝴蝶之衣；枉教渡口人歸，妒煞鴛鴦之夢。』顧元熙《月中伐桂》云：『響落九天之珠玉，運斤亦曰成風；居鄰七寶之樓臺，持斧曾非脩月。』《神仙尉》云：『此時龍劍吟風，恨不斬佞臣張禹；何處魚竿垂水，最應憐佳壻嚴光。』《金帶圍》云：『聽四座哀絲豪竹，亦然王謝風流；看今朝珮玉鳴鸞，即是夔龍揖讓。』《明月前身》云：『種靈根於夙世，自然腕下生風；繪妙境於當前，宛爾指頭見月。』『故知洞天福地，不緣迹象而求；徒令鏤雪裁雲，猶屬形骸所誤。』語語細切，不徒排調見長。又高學沅《還笏賦》：『奈天下後世何，無以弭訾議之口；此國家大事也，敢獨高緘默之風。』何栻《心虚師竹賦》：『後庭列侍，得非緑蕚仙乎；先路招要，惟有赤松子耳。』二聯摇曳有神。

湍轉則日月似驚，浪動而星河如覆〔八九〕。張《海》

稱碩鼠則貪民去，唱白駒而賢士歸。《讀書》

浪相礴而起千狀，波獨湧乎驚萬容[九〇]。張《海》

漁陽有閭左戍卒，離石有將兵都尉。《哀江南》

丹霞赫奕於其上，白水浸潤乎其陂。《桐樹》

返寒暑於一堂之末，迴八風乎六翮之杪[九一]。陸《羽扇》

此類如庾信『漁陽有閭左戍卒』聯，『有』字與鮑照『東有鑄劍殘水』聯同，亦宜於律。○唐王棨《詔遣軒轅先生歸羅浮舊山賦》云：『別後而嵐光未老，來時之春色依然。』[九二]崔損《鳳鳴朝陽賦》云：『旁應元律，調十二管於四時；上凌紫烟，擎九萬里而一息。』[九三]均諧。

附雜句

上仁所不化，茂德所不綏。《長楊》

器和故響逸，張急故聲清。嵇《琴》

炫熀乎玉案，照耀於金盤。潘《橘》

音興於萬韵〔九四〕，理絶乎一響。庾《閒居》

纖微無所不入，廣大無所不充。《迅風》

蕩洲礉岸，而千里若崩；衘崖沃島，其萬國如戰〔九五〕。張《海》

不動動是使山岳相崩，不聲聲故能天地交泰。張《海》

此類如『器和故響逸』二語，用『故』字罕見，宋支曇諦《廬山賦》『嶺奇故神明鱗萃，路絶故人跡自分』聯亦難得，可貴。○『不動動』聯是驚人語，張融《海賦》較木華作奇詭。

校勘記

〔一〕『花』，《歷代賦彙》《漢魏六朝百三名家集》作『華』；『萄』，《歷代賦彙》《漢魏六朝百三名家集》作『桃』。

〔二〕『緑』，《歷代賦彙》《漢魏六朝百三名家集》作『紫』。

〔三〕『邈綿』，《歷代賦彙》《漢魏六朝百三名家集》作『綿邈』；『於』，《歷代賦彙》《漢魏六朝百三名家集》作『乎』。

〔四〕『義』，《文選李注義疏》《歷代賦彙》《漢魏六朝百三名家集》作『誼』。

〔五〕『南』，《歷代賦彙》《全上古三代秦漢三國六朝文》作『蘭』。

〔六〕『圖』，《歷代賦彙》作『團』；『砌』，《歷代賦彙》作『側』。

〔七〕『柳色含』，《歷代賦彙》《漢魏六朝百三名家集》作『柳含色』。

〔八〕『月』，《歷代賦彙》《漢魏六朝百三名家集》作『日』。

〔九〕『桂』，《歷代賦彙》《漢魏六朝百三名家集》作『柱』。

〔一〇〕『霄』，《歷代賦彙》作『清』。

〔一一〕此句《歷代賦彙》《漢魏六朝百三名家集》作『僉自安於蝣晷，編無羨於鵠年』。

〔一二〕『情縈繫於歸鵲』，《歷代賦彙》《全唐文》作『情顧盼於歸鵲』。

〔一三〕『鳳皇橋』，《庾子山集注》作『鳳凰樓』。

〔一四〕『林』，《歷代賦彙》作『沝』；《全唐文》作『林』，注謂『一作沝』。

〔一五〕此句《歷代賦彙》《全唐文》作『十二瓊樓，不唱鸞歌於夜月；三千玉貌，皆吟鳳藻於春風』。

〔一六〕『練』，《全唐文》作『綺』。

〔一七〕『丹』，《漢魏六朝百三名家集》作『册』。

〔一八〕『日』，《歷代賦彙》《漢魏六朝百三名家集》作『白』。

〔一九〕『樹』，《庾子山集注》作『橘』。

〔二〇〕此句《歷代賦彙》作『搉撞則八紘摧隤』，《全上古三代秦漢三國六朝文》作『搉撞則八紘摧隤』。

〔二一〕『橘樹千林』，《歷代賦彙》《漢魏六朝百三名家集》《全上古三代秦漢三國六朝文》作『橘林千樹』。

〔二二〕此句《庾子山集注》作『陶侃空争米船，顧榮虚摇羽扇』，二句無『則』字。

〔二三〕『後』，《紀文達公遺集》作『外』。

〔二四〕『下』，《歷代賦彙》《全唐文》作『夏』。

〔二五〕『凉』，《歷代賦彙》《全上古三代秦漢三國六朝文》作『清』。

〔二六〕『宏遠』，《文選李注義疏》《歷代賦彙》《漢魏六朝百三名家集》作『弘道』。

〔二七〕「至」，《歷代賦彙》《漢魏六朝百三名家集》作「重」。

〔二八〕「珍」，《歷代賦彙》《漢魏六朝百三名家集》作「沴」。

〔二九〕「逸」，《歷代賦彙》《全上古三代秦漢三國六朝文》作「突」。

〔三〇〕「客」，《歷代賦彙》作「倉」。

〔三一〕「馳」，《屈原集校注》作「騁」。

〔三二〕「除」，《歷代賦彙》《漢魏六朝百三名家集》作「蔭」。

〔三三〕「窮」，《歷代賦彙》《漢魏六朝百三名家集》作「穹」。

〔三四〕「居」，《歷代賦彙》《全上古三代秦漢三國六朝文》作「房」。

〔三五〕此句《江文通集彙注》作「著縹芰兮出波，攬湘蓮兮映渚」。

〔三六〕「葉」，《歷代賦彙》作「花」，《漢魏六朝百三名家集》作「華」。

〔三七〕此句《江文通集彙注》作「可斑荆兮增恨，惟樽酒兮叙悲」。

〔三八〕此句實出《九章・涉江》。

〔三九〕「馳」，《屈原集校注》作「騁」。

〔四〇〕「韡韡」，《全唐文》作「煜煜」。

〔四一〕『閉』，《歷代賦彙》作『閇』。

〔四二〕『追虎豹兮鞭魍魎』，《歷代賦彙》《漢魏六朝百三名家集》《全上古三代秦漢三國六朝文》作『追水豹兮鞭蝄蜽』。

〔四三〕『綃裾』，《歷代賦彙》作『羅裙』；『鳴』，《歷代賦彙》《全唐文》作『明』。

〔四四〕『間』，《漢魏六朝百三名家集》《全上古三代秦漢三國六朝文》作『見』。

〔四五〕『霧』，《江文通集彙注》作『雲』。

〔四六〕『清』，《江文通集彙注》作『青』。

〔四七〕『極』，《漢魏六朝百三名家集》《全上古三代秦漢三國六朝文》作『央』。

〔四八〕『顧』，《歷代賦彙》《漢魏六朝百三名家集》作『傾』。

〔四九〕『鮔』，《屈原集校注》作『絙』。

〔五〇〕『菌』，《漢魏六朝百三名家集》作『茵』。

〔五一〕『鑿』，《屈原集校注》作『斵』。

〔五二〕『氣』，《江文通集彙注》作『雲』。

〔五三〕『賓親兮淚流』，《江文通集彙注》作『親賓兮淚滋』。

〔五四〕此句實出鮑照《游思賦》。

〔五五〕『裂』，《歷代賦彙》《全上古三代秦漢三國六朝文》作『烈』。

〔五六〕『共』，《歷代賦彙》作『其』，《全唐文》作『共』。

〔五七〕《歷代賦彙》題作『轅門射戰枝賦』，句作『若嗤同失鵠，我藝自忝其疊雙：儻妙等麗龜，爾心固宜乎如一』；《全唐文》題作『轅門射戟枝賦』，句作『若嗤同失鵠，我藝自忝其疊雙；儻妙等麗龜，爾心固宜其如一』。

〔五八〕『爲心』，《歷代賦彙》《全唐文》作『爲名』。

〔五九〕『周』，《歷代賦彙》《漢魏六朝百三名家集》作『用』。

〔六〇〕此句實出江淹《恨賦》。

〔六一〕此句《江文通集彙注》作『灑金花於珠履，颯綺袂與錦紳』。

〔六二〕『颸』，《江文通集彙注》作『颮』。

〔六三〕『詔』，《楚辭補注》作『訊』。

〔六四〕『暘』，《漢魏六朝百三名家集》作『湯』。

〔六五〕『巢』，《歷代賦彙》《文選李注義疏》作『窠』。

〔六六〕『來』，《歷代賦彙》《漢魏六朝百三名家集》作『采』。

〔六七〕『平』，《歷代賦彙》《全上古三代秦漢三國六朝文》作『半』。

〔六八〕此句《歷代賦彙》《淵鑒類函》謂爲陳宣帝作，《藝文類聚》《全上古三代秦漢三國六朝文》謂爲梁宣帝作。

〔六九〕『如』，《歷代賦彙》《全上古三代秦漢三國六朝文》作『若』。

〔七〇〕『練』，《歷代賦彙》《漢魏六朝百三名家集》作『諫』。

〔七一〕『躍』，《全上古三代秦漢三國六朝文》作『曜』。

〔七二〕『緑』，《江文通集彙注》作『綵』。

〔七三〕『蕖』，《歷代賦彙》《漢魏六朝百三名家集》作『蓉』。

〔七四〕『四』，《歷代賦彙》《漢魏六朝百三名家集》作『玄』。

〔七五〕此句《歷代賦彙》《全上古三代秦漢三國六朝文》作『規矩既應乎天地，舉措又順乎四時』。

〔七六〕『乎』，《歷代賦彙》《全唐文》作『其』。

〔七七〕『乎』，《歷代賦彙》《全唐文》作『於』。

〔七八〕『蓑』，《歷代賦彙》《全唐文》作『蕉』。

〔七九〕『暮』，《歷代賦彙》《漢魏六朝百三名家集》作『夜』。

〔八〇〕『拂』，《歷代賦彙》《漢魏六朝百三名家集》作『覆』。

〔八一〕『木』，《歷代賦彙》《漢魏六朝百三名家集》作『野』。

〔八二〕『茸』，《歷代賦彙》作『聳』。

〔八三〕『晻』，《漢魏六朝百三名家集》作『掩』。

〔八四〕『與』，《歷代賦彙》作『於』。

〔八五〕『萓』，《歷代賦彙》《漢魏六朝百三名家集》作『冥』。

〔八六〕『爛』，《歷代賦彙》《漢魏六朝百三名家集》作『瀾』。

〔八七〕『秋』，《歷代賦彙》作『夏』。

〔八八〕『蒙』，《歷代賦彙》作『策』。

〔八九〕『而』，《漢魏六朝百三名家集》作『則』。

〔九〇〕『驚』，《歷代賦彙》《漢魏六朝百三名家集》作『一』。

〔九一〕『堂』，《歷代賦彙》《漢魏六朝百三名家集》作『掌』；『翮』，《歷代賦彙》作『融』。

〔九二〕『來時之春色依然』，《歷代賦彙》《全唐文》作『來時之春色猶存』。

〔九三〕『擎』，《歷代賦彙》《全唐文》作『擊』。

〔九四〕『於』，《全上古三代秦漢三國六朝文》作『乎』。

〔九五〕『銜』，《歷代賦彙》《漢魏六朝百三名家集》作『銜』。

卷四　餘説

綦江戴綸喆吉雙甫稿
及門諸子同校

總論十一則

《文心雕龍·詮賦篇》引《國語》邵公稱『公卿獻詩、公箴、瞍賦』爲賦之始，此賦之所由名也。春秋時鄭莊『大隧』，士蔿『狐裘』，結言拉韵，雖賦猶詩。嗣後荀況、屈原作，窮極聲貌，始顯然與詩畫境爾。王芑孫《讀賦卮言》云：『相如之徒，敷典摛文，乃從荀法；賈傅以下，湛思渺慮，具有屈心。抑荀正而屈變，馬愉而賈戚。雖云一轂，略已殊塗。』張惠言《七十家賦鈔序》云：『潔其物，芳其道，杳冥而有常，此屈平之爲也，與《風》《雅》爲節。剛志决理，輐斷以爲紀，内而不汙，表而不著，此荀卿之爲也，其原出於《禮經》。』[一]觀此，則兩家之旨趣可知也。

漢魏以來流别俱見《文心雕龍》及王、張諸書，學者欲胚於周造，鴻以漢風，蕭寥乎江左，清言簡鍊以鄴臺數子，擷齊梁之新色，抽陳隋之妍心，則必由庾信、江淹、鮑照、梁朝數帝、謝氏諸人以上溯魏晋之賦，首漢之英傑十家，夫而後漸次而入，精熟《選》理，可以煌煌大作，自成一家言矣。

唐初體制未宏，無論也。盛唐而後，杜甫之高横，學魏晋者也；李白之或俊逸或奇邁，學漢魏而近六朝者也；元稹、白居易絶去縛束，純以氣行，宋人風尚實基之也；陸龜蒙不李杜不元白，鏤金錯采，專事新妍，然宜未可盡宜於律也；王棨、黄滔晚出，錦心繡口，吕吻律脣，藻耀高翔，文筆鳴鳳，惟此爲合作矣；餘如李程、王起、宋言、賈餗、蔣防、謝觀輩，雖有傑構，究難抗行。

論賦之書，始梁劉勰《文心雕龍·詮賦篇》，唐時范傳正《賦訣》、紇干俞《賦格》、張仲素《賦樞》、浩虚舟《賦門》，諸家書目，曾見於夾漈鄭氏《經籍志》者，今已不傳也。國朝著述則有李雨村之《賦話》、王念豐之《讀賦卮言》、吴穀人之《賦賦》《賦論》、浦柳愚之《復小齋賦話》、侯心齋之《律賦約言》、余紗山之《賦學指南》，不一而足。李書精華大備，王書體制悉明，吴、浦、侯諸書尚能明古，惜過略耳。若余書雖句法、股法言之綦詳，而舍古求今，亦只於初學是便。

漢以來論賦雜語，亦間有可取者，司馬相如曰：『合綦組以成文，列錦繡而爲質，一經一緯，一宫一商，此賦之迹也。賦家之心，苞括宇宙，總覽人物，斯乃得之於内，不可得而傳。』揚雄曰：『詩人之賦麗以則，辭人之賦麗以淫。』陸機曰：『賦體物以瀏亮。』〔二〕摯虞曰：『所以假物盡辭，敷陳其志。古詩之賦，以情義爲主，以事類爲佐；今之賦，以事形爲本，以義正爲助。情義爲主，則言省而文有例矣；事形爲本，則言當而辭無常矣。文之煩省，辭之險易，蓋由於此。』〔三〕沈約曰：『夫渺泛滄流，則不識涯涘；雜陳鐘石，則莫辨宫商。雖復吟誦迴環，編離字滅，終無以仰酬睿旨，微表寸長。』李白云：『賦者，古詩之流，辭欲壯麗，義歸博遠，不然，何以光贊盛美，感動天地？』袁哀曰：『古人以賦託志，或比擬賢哲，或寫情幽怨，或述己行藏，若愍志、復志、求志之類非一，大抵皆假託仿喻，依《楚辭》屬詞。』〔四〕王禕曰：『其賦則字鍊句戛，音覈韵軋，藻香春擷，花艷時撥。校妍媸於錙銖，品抑揚於毫髮。』〔五〕

揚雄云：『能讀千賦，則善爲之。』班固《兩都賦序》云：『孝成之世，論而録之，奏御者千有餘篇。』《漢書·藝文志》所載七十餘家，亦一千有奇，是西京時已云夥也。今之所存，十不一二，苟無《文選》（有互見《史記》《漢書》者），療妒之《長門》、瘳疾之《洞簫》，不幾艷其事而佚其篇耶！此其所以見重於騷壇爾。宋陳仁子《文選補遺》、國朝張惠言《七十家賦鈔》能旁搜《文選》所逸，亦宜備觀。

王芑孫云：『有志者必以通經治古文爲本。讀三代、兩漢之書以尊其體，賅九流、七略之用以會其歸，博學而無方，强立而不反。』此蓋謂賦之源自賦溯之，而賦之料不自賦儲之也，學者勿沾沾以摘屈宋艷、薰班馬香畢乃事矣。

國朝賦學，自應以吴穀人、顧耕石爲瑜、亮，然顧固風格遒上，足式浮囂，而吴更洋洋灑灑，一物難名，矩步繩趨，却處處不戾於古，其氣象非特蘭修館不可及也，即唐宋諸公亦應訝後生可畏。

尤侗、吴綺小賦，王芑孫目爲卑弱，以其乏鮑、庾高騫之風骨也。然一種騷情逸韵，亦足開後學慧心。

《少巖賦》似輕利也，《插花窗賦》似開展也。而不知夏賦之薄而不厚，過於率易；楊賦之新而不古，鄰於放誕。守而不化，皆有壞始基者也。

近時選本以程祥棟《東湖賦鈔》、李元度《賦學正鵠》爲正宗。程選固更宏博，而初學津梁，又當以李選之批點爲足引人入勝。鮑桂星《賦則》簡要有法，某氏《律賦匯海》尚見搜羅。

辨體二十五則

《讀賦卮言》云：『四六之於文事，領一大宗。九州四隩，《書》有聯文；斷壺叔苴，《詩》嘗對舉。』是所昉爲已遐也。《中庸》祖述堯舜四語，駢而有韵，直是律賦先聲。賦始荀、屈，已用對偶。友風子雨之奇、薜荔芙蓉之艷，皆有合相如之經緯宫商也；純以單行，尚非正軌。

揚雄《反離騷》《旁離騷》、宋玉《九辯》、劉向《九嘆》、東方朔《七諫》、枚乘《七發》、張衡《七辯》等作，騷之苗裔，賦之别支也。

學者動用『兮』字，上擬騷體，先輩以爲無病呻吟，似也，而要非著作家所泥。

問答體始屈原《卜居》篇，其後宋玉、司馬相如、揚雄、班固、張衡、左思輩，用者踵接。

小賦者，《漢書·藝文志》所云『禽獸』『器械』『草木』等類之雜賦，《文心雕龍》所云『擬諸形容，言務纖密；象其物宜，理貴側附』之短制也〔六〕。世每專歸之六朝，而不知鄒陽、羊勝、趙壹、孔臧、公孫詭之徒，漢已振其風也。六朝諧媚，特易説人耳。○《文選》所收皆鴻篇鉅製，故學者少知漢之小賦。

班固《竹扇賦》通體用五七言句，直是詩耳，固非賦之正體，即馬融《長笛賦》之五言十餘句、張衡《思玄賦》之七言十餘句，以及六朝之或二句，或四句，均非宜於律賦。學六朝者，起結歌體尚屬不妨。○凡試場頌颺題，及於彤廷奏賦者，末段儘可作頌，但賦體亦須有古致耳，《兩都賦》可以爲式。

左思《三都賦》中『水陸所湊，兼六合而交會焉；豐蔚所盛，茂八區而菴藹焉』。翫其磧礫而不窺玉淵者，未知驪龍之所蟠也；習其敝邑而不覩上邦者，未知英雄之所躔也』等調，典重題可以議論行者，不妨用此提頓之筆。

古賦多兩韵遥對者，如陸機《嘆逝賦》之『川閲水以成川，水滔滔而日度。世閲人而成世，人冉冉以行暮』，是律賦不宜。

陶潛《閒情賦》，昭明以爲賢者病。予曰：『《閒情》之作，香草美人意也，不足爲病。而其間連用「願在」句調，後人規規摹之，此乃陶賦之病耳。淹雅者以爲何如？』

江淹《恨》《别》《麗色》等賦，以人地分段，張惠言以爲文通俗調，似未可概之律賦。

前有『上則』『旁則』等字，古賦長篇鋪叙法也，李白《劍閣賦》縮入短章，不善學之，究《古賦辯體》之所謂『天吴紫鳳，顛倒短褐』者也。

楊炯《幽蘭賦》，連點『蘭』字數句，元稹《郊天日五色祥雲賦》，連點『五』字數句，所謂點染法也。今則競趨簡便，每句每段用之，俗惡不堪，斯道之魔也。

唐人有以訓詁體施之賦學者。蕭穎士《至日圜邱祀昊天上帝賦》云：『日之至也，所以明氣之至正也，亦以象天地之圜。』〔七〕白居易《射中正鵠賦》云：『射，繹志也，信念兹而在兹；鴒，小鳥焉，取難中而能中。』沈仲《象環賦》云：『相彼玦矣，謂其玦之有離；造此環兮，體其環之不極。』〔八〕温岐《再生檜賦》云：『以狀而方，生荑之枯楊若此；以理而喻，易葉之僵柳昭然。』以解經之法行之，題解自明，理致題之所尚也。國朝雷維翰《焉哉乎也》作即訓詁題。

唐有用考據者，如蕭穎士《聽早蟬賦》中『《爾雅》辨名』一段是，但題非典據，又宜發揮『聽』『早』字，未免捨搿失當。若國朝鍾啓峋《石鼓賦》之『然而詩未採於輶軒，事不登于簡册。識丙申而紀日徒傳，推甲乙而編年難覈。衆説遂紛，群疑莫釋。鄭漁仲則説據秦權，程大昌則證援《左》癖。雖以廬陵博學，尚疑應物歌詞；至如定國矜奇，竟謂宇文斬石。況乎久棄荒蕪，屢經遷徙；晦采煙霾，淪精泥滓。陳倉輦至，餘慶始置於學宫；窪臼春停，傳師繼求於鄉里。填金入稽古之閣，至宋而拱璧同珍；裹席羅大成之門，迄元而還珠復喜。縱使數駝歸載，矜呵護於遺文；竊虞三豖篇殘，等沿訛於讀史』兩段〔九〕，吴錫麒《王右軍書蘭亭序賦》之『固宜寶之異代，重以千秋。或損本辨其五字，或摹本驗其雙鈎，或玉枕縮之爲真玩，或梨板鏤之以傳留。紛如聚訟，愛欲兼收。

月黑山陰，雲護昭陵之寢；風横水急，人呼檇李之舟。最憐印押葫蘆，八千匣歸諸官簿；猶記酒開缸面，二百年賺出僧樓。所以付託必俟諸同好，而借閲且有藉蹇脩也』一段〔一〇〕，原原本本，雅與題稱，非胸横三萬軸，不敢如此下手。又於汝濟《田鼠化爲鴽》作是考據兼訓詁體。

白香山《動静交相養賦》云：『所以動之爲用，在氣爲春，在鳥爲飛，在舟爲楫，在弩爲機。不有動也，静將疇依？所以静之爲用，在蟲爲蟄，在水爲止，在門爲鍵，在輪爲柅。不有静也，動奚資始？』〔一一〕《漢高祖斬白蛇賦》云：『原夫龍泉黯黯，秋水湛湛，苟非斯劍，蛇不可斬；天威煌煌，神武洸洸，苟非我王，蛇不可當。是知人在威不在衆，我王也萬夫之防；器在利不在人，斯劍也三尺之長。』〔一二〕大營包小營，真踔厲發揚之作也。然以體裁而論，謂之駢文則可，謂之律賦則不可。

宋璟《梅花賦》，皮日修稱其清便，得徐庾體，作《桃花賦》以擬之。至宋散逸，史綱祖已恨其未見也。楊慎得於舊石刻中，拓而傳之，後人以爲宋人僞作。其中段『儼如』『又如』六筆，四字句三十餘句，後人多仿之者。又宋田錫《梅花賦》，亦有『乍若』『乍如』四筆，不盡四字句。○鮑照《蕪城賦》『澤葵依井』以下，連用四字二十句，不見堆砌之痕，句法固變換不測，而筆力猶超邁無前。

杜牧之《阿房宫賦》『明星熒熒，開妝鏡也』等句，古賦變調，今人更有連用『耶』『矣』等字者。

四六長排倡於齊梁，唐人無不爲之，以其风簷寸晷，敷衍易成篇也。然茂密如晚唐黄、王、陸諸公，每段不過一二，布局行氣，自爾空靈，與後人之死砌詞華者迥别。○左思《三都賦》好用長句，每以『則』『而』等字折下，長排之漸也。王芑孫云『漢魏風規一壞於五七言之詩句，再壞於四六格之文詞』，凡仿古者，慎勿多用長排。

唐賦結段有以數語了之者，强弩末也，非今所宜。

唐人有四六長排而押兩韵者，白敏中《息夫人不言》云：『守而不改，邈矣而心有所在；行之實難，確乎而性有所安。』李白《大獵》云：『金戈森行，洗晴野之寒霜；虹旗電掣，卷長空之飛雪。』一時風尚，此調不彈久矣。○白聯用之段首，李聯用之段中轉韵。

歐陽修《秋聲賦》、蘇軾前後《赤壁賦》是記序體，直有韵之文耳，與白賦皆不古不律，有妨賦體。

國朝尤侗《玉鈎斜賦》，前半盡三字句，西堂創調，不可爲訓。

國朝張肇慶《漢高祖置酒沛宫擊筑歌大風賦》即以歌體行之，徐宗幹《張思叔座右銘賦》即以銘體行之，皆通體四字句。程祥棟收入《東湖賦鈔》，不過備一格耳，慎勿效顰。○程紹昌《臘鼓賦》用謡諺體，李鈞《宋璟上無逸圖賦》用奏疏叙事體，亦是賦之别調。（李較高）

國朝潘錫恩《澄海樓賦》用禁體，凡字畫涉水部者不用，因難見巧，創格也。

鮑桂星《賦則》云：『賦體不同。有整散兼者，如宋玉諸賦是也；有通體整排者，如潘陸諸賦是也；有用四六者，如子山《馬射》等賦是也。此學賦之大略也。』張之洞《輶軒語》云：『或古或律，須視其題。擬古者須用古人元賦體。平正板重題宜律，纖小詠物題可律體，或擬六朝體。博大頌颺題及詠古有大議論題，可古可律。試場賦於法得用古體，然古賦竟是博學人著作之事，應試者先求工於律賦可耳。』此作賦之大略也。

審題十五則

《賦話》云：『辭尚體要，總貴稱題。如《圜邱》《祀天》《藉田》《獻繭》等題，能援据精詳，簡古肅穆，便是第一義矣。若徒句雕字琢，刻意求新，則是錯朱紫於衮衣，奏鄭衛於清廟，非特大乖體制，轉開不學人省力法門。』其論甚韙，但題目重大，境地又復高峻，非有三《二京》、四《三都》手段，不克爲此，初學人何遽解得？

唐人試賦，雅鍊清新，歸於簡潔，時景物類題之上品也。若典重題可以議論行者，又不妨縱筆及之，以功其説。然其間關力量焉，要必如《詩品》第一則『返虚入渾，積健爲雄』而後可，不然强而爲之，徒形冗湊，尚不如矩矱唐賢之爲優也。

詠史題儘可以才氣勝，若切定其人、其時、其事起議，識見高超，嚴於史論，閲者自無不驚心動魄也。國朝顧元熙《金帶圍》第七段云：『然而此四公者，遭逢則合，建樹多岐。維魏公之匡濟，偕范富以驅馳。極勳名之炳燿，象華實之葳蕤。迨珪作輔，當宋昌期。卿雲常麗，寶露猶滋。搔摩而傷其本根，厥維安石；傅會而與爲枝葉，復有升之。』吴廷珍《雲臺二十八將》第六段云：『然而旌表雖出殊恩，去取不無遺議。來歙軀捐隴右，克成報國之忠；鄧晨首起南陽，具有擇君之智。曾不得附乎竇卓之餘，列於李王之次，則萬修何績而濫叨，劉植何功而忝厠？除是嚴子陵之不預，本非同列之人；轉疑馬伏波之見遺，未必避嫌之意。』〔一三〕彭元瑞《登瀛洲》第六七段云：『然而玉石相蹂，薰蕕交侵。或文矣而行不逮，或始之而終難任。何十八士之旁午，有許敬宗之僉壬？以文學顯而貞觀之世盛，以佞倖進而永徽之業沉。翁收十斛，臣有二心。遂使飛燕啄皇孫之祚，牝雞易大君之臨。竟一言而幾喪，留遺恨以至今。别有無忌元舅，文静元功，私不並列，業未克終。仇讐有鄭公之直，後進有遂良之忠。各事其主，生世不同。方且以義旗而欲襲湯武之迹，以衷甲而託誅管蔡之躬，何開府之獻策，徒鬩牆以興戎？太白見而父子逼，元戎變而兄弟攻。貽口實於萬世，亦何取乎諸公？』湯絡《長無相忘蜀鏡》第六、七段云：『夫當其盛也，舞鸞鳳於妝臺，爍芙蓉於瑶篳。光含蠟炬之輝，篆裊沉檀之焰。回回熒熒，熠熠閃閃。步障尋春之日，忍隔芳容；《甘州》製曲之餘，每呈媚臉。對斯鏡而依依，悵流光之冉冉。洎乎銅腥蝕蘚，鉛影埋烟；玉顔安在，玳匣空傳。一片蒼凉，纔灑嘉王之淚；幾人流落，猶鎸乾德之年。此亦如未央宫中，古篆衹存乎片甋；長生殿裡，芳姿莫憶夫釵鈿。』〔一四〕張裴《閉門種菜》第四段云：『迨其得益州而西也，山川則蹲鴟特饒，城郭亦芙蓉如繪。跨綿竹爲籓籬，藉錦江爲灌漑。於斯之時，龍旂万枝，虎賁千队，猛氣激昂，雄心慷慨。夺曹瞞地下之游魂，屈仲謀江東之驕態。非種芰蔫，重開草昧，蒟醬流味以爲珍，邛竹削節而相對。布織橦花之機，麵擣桄榔之碓。沃野自饒，雄才共戴。猗歟休哉！可以繼高光而雄視百代矣。而當其尺蠖求伸，六鷁乍退，芒角都銷，委蛇自晦。雖徵瑞於垂桑，乃縈情於鉏菜。』〔一五〕戴熙《嵇琴阮嘯》第五段云：『慨夫俗尚虚無，人甘肥遯，問鶴唳兮誰聽，學驢鳴兮恐晚。破琴安道，徒知抗節爲高；賦嘯成公，亦以談空爲本。使當識曲攀嵇，聆音慕阮。通琴聲於治國，能教絃柱之更張；因嘯侣以匡時，不作林泉之息偃。則二十年山陽小隱，觸蠻非虚；三百斛厨釀沈酣，欷歔思返。一彈再彈，何嘗靳神散於《廣陵》；唱汝和予，豈獨遇異人於絶巘。』〔一六〕戴守梧《張季鷹秋風憶蒓鱸》第七段云：『慨夫運逢典午，道失夷庚。南風肆煽，中台不平。田蛙之官私莫辨，銅駝之荆棘將生。名士何人，一割牛心之炙；豪家相尚，競傳菽乳之羹。況齊王之輔政也，不思潁上之迫，將啓河間之爭。豈爲季鷹者，危地自處，先機不明。思逃名之庾衮，謝酣飲之顧榮。』〔一七〕盛觀潮《警枕》第五段云：『蓋其時寰宇交爭，干戈未罷，南唐雅尚文詞，西蜀競誇騎射。廣州劉龑，勢甚狓猖；汴水朱温，心懷奸詐。興國既豆剖而瓜分，列鎮盡圖王而思霸。即使枕戈待旦，猶虞國事之日非；縱然嘗膽卧薪，尚恐群雄之不下。此所以伏枕躊躇，用警省於清夜也。』〔一八〕胡林翼《藺相如完璧歸趙》第四段云：『斯時也廉頗當國，李牧登壇。不乏全材之士，能合二國之歡。胡舍人之末秩，任斯役之艱難。若使輸珍禮畢，割地盟寒，席上之瑶琳已失，圖中之城郭空看。是被愚於函谷，徒抱恨於邯鄲。又使決眥睨柱，怒髮衝冠，懸黎迸裂，結緑摧殘。缺金甌而不顧，撞玉斗而驚嘆。斯亦辱命鄰封，顔綖其覥；必且興戎敵國，卵竟無完。』〔一九〕周翼墀《齊姜醉遣晉公子》末段云：『是宜其屋啓藏嬌，劍思尋故，首策殊勳，早圖良晤。胡乃文嬴反國，倍致綢繆；季隗歸宫，猶承眷顧。兹獨缺於流傳，曾不聞其禮遇。不信簫聲别奏，好夢重圓；將無玉樹先埋，韶華難駐？讀史者能不致慨夫恨事之偏多，爲之流連而作賦？』李汝嶠《鴻門舞劍》第七段云：『向使張良不定計於前，樊噲不擁盾於外，行無一士之隨，釁起兩君之會。則玦分三舉，遑辭杯杓之多；璧未雙陳，疇脱兵戈之害？直類置從魚服，莫避霜鋒；即教負此鹿盧，空懸錦帶。又奚由業定長安，而基開豐沛也？』〔二〇〕何紹基《羊叔子輕裘緩帶》第四段云：『且夫神藏於不用，氣攝於不争。惟鋭可行師，而返虚成鋭；惟明能料敵，而積静生明。故自動者失，趾高者輕。陋中軍之騶介，笑令尹之玉纓。好整以暇，弗震而驚。惟城府胥忘，無負十圍之腹；即風流自寫，已吞數萬之兵。』〔二一〕嚴城《畫粥斷虀》第七段云：『且夫飽德者，膏粱有所不願也；味道者，滫瀡有所不如也。何爲雜俎，子與史也；何爲太羹，《詩》與《書》也。六藝之膏腴，即瓊糜與瑶餱也；群言之瀝液，即玉菜與金蔬也。奚必珍羞，漫誇入簋，維兹虀粥，自足三餘。』夏思沺《岳武穆奉詔班師》第五段云：『倘使執將帥在外之言，君命不受之召，則雖羽檄遥馳，天書下詔，依然整我戎行，扼其險要。當場鏖戰，直教決勝於崇朝；伏闕請誅，猶得告功於太廟。詎令薰天宰相，三字埋冤；竟爲叩馬書生，一言早料。』〔二二〕金望欣《叔孫通定朝儀賦》第七段云：『然而儀多草創，時尚艱難，雖因依於簡陋，未淪浹於傷殘。是以賈長沙獻策之秋，改正朔亦易服色；董江都解絃之論，治萬民先正百官。河間輯古事以成書，始知雅樂；王吉延儒生而作禮，思改舊觀。匡衡疏路寢之威儀，當成帝尚多粉飾；劉向議辟雍之法度，至顯宗方奏治安。蓋卯金氏開國規模，漢太史禮書久缺；而稷嗣君逢時學術，魯諸生衆口交讙矣。』馮震祥《蘇長公爲奎宿》第七段云：『或者謂道士欲弛蘇文之禁，特進譎諫於君，其説則支離穿鑿，附會紛紜。羌太虛之縹緲，衹布化於絪緼。問世界之三千，豈有典司一一；半寓言之十九，不過游戲云云。然而筆走雷電，詞叱風雲，詩書食報，翰墨策勳。比傅説之騎箕，無須畛判；擬蕭何之降昴，何必區分？實式憑之孔子，爲儒童菩薩；孰主宰是顔淵，乃地下修文。而況伽藍爲公之後身，載之《湖壖》之志；戒師爲公之前世，質諸沈氏所聞。則其爲奎宿星官，而總持夫大雅宏達之群也，又何疑哉？』孫丙榮《張子房圯上受書》第七、八段云：『然而隱君子相警之意，誠不在夫書也。恐豪傑志同聶政，豈留侯真遇仙裾？唯納履其鋭可折，匪辱袴之事所如。倘云神授奇謀，何有兵書傳世；漫謂文留片石，至今仙迹終虛。不然良亦嘗辟穀爲心，學仙是務，欲從海外閑游，可棄人間不顧。而何以濟北踐十年之約，相對無言；

洛中閉一歲之門，神機未悟。故傳書事妄，論由蘇軾之新詞；讀史人來，心憶子房而作賦。』[三三]郜雲鴻《謝玄淝水之戰》末一段云：『向使乘兹全勝，鋭進削平，張威北伐，仗義西征。舉板蕩之山河，一朝恢復；洗腥羶於嵩洛，指日澄清。反王夷甫諸人之失，繼祖士雅起舞之情。豈不顯揚武略，炳耀勳名？所惜画守彈丸，俾海内終歸割據；未能掃除群寇，使天下不復用兵。』翁心存《運甓》第五段云：『況乎壺因擊碎，塵作談資，老莊是尚，習俗未移。疇復樂夫名教，攝其威儀，參佐效猪奴之戲，公卿營兔窟之私。遂令雙龍北去，五馬南馳，牆排夷甫，塵污元規。藉此中唐之甓，聊爲大厦之支。將丕基永紹，覆簣無虧。能左右之曰以，亦朝夕恒於斯。不敢告勞，遑計其憊？甚矣！以此贊國，詎必擇利而爲？』根底盤深，才思贍覈，不徒以咀文嚼字爲工。

理致題及題之出於經書者，若能引用成語，愈出愈奇，而又有文章天成，恰爲題設之妙，自推合作。○『周公之才之美，文王之德之純』，宋人之能事也。國朝更不乏人，讀《東湖賦鈔》所收《焉哉乎也》《學古有獲》《子見南子》《性習相遠近》《範我驅馳》等篇，自盡其妙。餘如陳繼昌《學然後知不足》之『苟如是亦足矣，人每苦於不知；若自視猶缺然，吾必謂之已學』、佘文銓《民生在勤》之『田弗肯播矧肯穫，用是匡之直之。業精於勤荒於嬉，戒其諺乃逸乃』、翁心存《堯舜性之》之『咸若時惟帝其難，乃聖神文武；莫大乎與人爲善，自耕稼陶漁』、龔維琳《聖敬日躋》之『步亦步，趨亦趨，敬存而日與俱永；尺得尺，寸得寸，敬懋而日進無疆』、《業廣維勤》之『敢曰生則逸，生則逸或耽樂之是從；我思古之人，古之人常黽皇而不已』、江紹儀《知人安民》之『驗平康協和於變於萬邦，樂其樂者利其利；均水火金木土穀於六府，治求治者安求安』等聯，均穩適。

○理致題不妨時點題字。如近人江國霖《動静交相養賦》云：『其由動而静也，如瑶琴罷曲，餘響泠泠；其以静制動也，如古鏡照人，清輝朗朗。』失名《講易見天心賦》云：『研説在性情之地，後天一本先天；引伸通造化之原，至易胥根不易。』徐軝《太極生兩儀賦》云：『泄太清太虚之秘，既成象而成形；探太初太始之精，爰旋左而旋右。』題面明晰，題理亦復精透，無陳腐晦滯氣，自令閲者神爽。

浦柳愚《賦話》云：『詠物題最忌膚泛，然用典沾滯，毫無生動之趣，亦一病也。』明楊雲鶴《浮萍賦》可謂不粘不脱，極體物之能事。』予按：李雨村《賦話》所載唐林滋《木人賦》『來同避地，舉趾而根柢則無；動必從繩，結舌而語言何有』『跡異草萊，其言也無莠；情同木訥，其行也有枝』、陳章《艾人賦》『當户而居，惡莠言兮結舌；負牆而立，甘菜色以安身』、李子卿《水螢賦》『色動波間，狀珠還於合浦；影懸潭下，若星聚於潁川』等語，么麼小題，穿穴經史，却能字字典則精妙，是又詠物題之難得者也。○吴、顧詠物賦最佳。

浦柳愚又云：『作小題必先認題，不嫌纖巧。如《涼风至》《小雪》《握金鏡》諸賦，須看其處處不脱「至」字、「小」字、「握」字，否則便可移入「涼風」「雪」「金鏡」題去矣。』〔二四〕然做『至』『小』『握』等字，又必切合『涼風』『雪』『金鏡』方佳。如唐湛賁《日五色賦》云：『光浮石壁，謂媧皇之補天；影入詞林，疑江淹之夢筆。』賈餗《五色露賦》云：『鍊石初染，狀媧皇之補天；鴛瓦纔霑，類彩鳳之巢閣。』兩賦上句同用『鍊石補天』典，切『五色』字，而又各以『光』字、『染』字貼『日』『露』，亦小題切合之不得不爾也。又太宗《小山》、白居易《荷珠》、王棨《珠塵》等賦，皆足爲小賦式。

唐人作小題，有即小以見大者。白居易《荷珠》云：『喻於人則寄之生也，擬於道則冲而用之。』皇浦湜《鶴處雞群》云：『每戒比之匪人，常恥獨爲君子。時乎有在，物不終否，爾豈能浼我哉，吾當一舉千里。』然此猶在篇末也。國朝作家有用之中段作提頓者。喬邦憲《欹器》第四段云：『且夫權衡損益者，時也；消息盈虚者，道也。徵守泰之元功，著好謙於大造。成虧日月，往復相尋，平陂谷陵，高深莫保。興敗所關，圖維宜早。悟凡物之皆同，信良箴之可寶。』黄爵嗣《然石》第五段云：『且夫火者陽之升，水者陰之凝。何注霤而翻若抱薪，熛陽益烈；訝繘井而宛同巽木，暖氣徐蒸。下潤上炎，作鹹忽而作苦；因寒得暖，相尅反以相能。信天地爲爐之文，其言非誕；詳水火既濟之義，斯象堪徵。』突空起議，便成天地奇文。

纖褻衰颯題須渾雅，于此最關人品概福澤。

題上有虚字者，如『學然後知不足』『分秧』及『初夏』等題，須用反筆、翻筆以蓄其勢，使題中虚字一點便醒，一折便清，看去精神百倍，斯爲無負於題。

数目题典故有三種運法：一、恰合其數。如歸令瑜《七十二風賦》之『風來霧牖，若隸七十二牖而頒符；風下星階，若按七十二階而入律。筮觀方於風地，七十二福地周行；協育象於風山，七十二名山悉數』是。一、加減其數。如楊駒《一月得四十五日賦》之『儻竭終宵之力，時便準乎六旬；如兼兩月之功，日且增爲九十』是。一、映帶其數。如吴廷鈐《雲臺二十八將賦》之『本是軍中司命，諳七十二帥之韜鈐；幾疑廡下描形，配六十四人之畫繪』是。唐王棨《四皓賦》云：『視八公而少半，疑五老而無一。』元蒲紹簡《十八學士賦》云：『少雲臺之十將，多元愷之二朋。』即加減法也。

今人遇題之有天文、物類、五色、四方等字者，各從其類，側染旁烘，通體爲之，奉爲正軌，非先輩之程式也，未能免俗。○支干題尚屬不妨。

作賦與作文同。文有題旨，賦亦須看其來歷，面面俱圓。如顧元熙《明月前身》作，處處切合詩品，探驪得珠，自然壓倒元白。

有題出何書，而即遣用其書之詞之事者，如《書經》《詩經》《莊子》《文選》《説文》以及李、杜、王、孟、元、白、蘇、黄諸詩集，能從心所欲，著手成春，亦爲出色當行之作。國朝戴槃，文壇異幟，賦稿數十篇，全用《書》經成語。水之瀾《精熟文選理賦》從《文選》一部醖釀出來，醰醰有味，不徒取其糟粕。又周銘恩《野馬賦》起云：『寄志逍遥，寓言沉沕。蛙語井而偏疑，魚游濠而罔屈。』馬鳴鏞《以珠彈雀賦》收云：『又豈獨魚兔得而筌蹄忘，但云化境；鵾鵬舉而鷽鳩笑，始寓微詞。』何斯盛《莊周夢蝶賦》云：『有漆園之仙吏，類天馬之無羈。會須彌於蚊睫，悟空洞於鵬池。陋河鼠之果腹，嗤斥鷃之藩籬。神所造兮，羌迷離兮。人間世兮，那得知兮。』是以莊子題用《莊子》語也。方壁城《卯象開門賦》云：『春者，蠢也，皆應候而蠢生；卯者，冒也，俱乘時而冒茆。蓋其爲𠧪也，若比户之排連；而其爲𠧪也，若雙扉之開敞。』（蠢、𠧪二典非《説文》），是以説文用《説文》語也。○又顧元愷《三畫連中謂之王》云：『比一大之謂天，聖其合德；倘居門而遇閏，世盡尊王。』題雖出董仲舒《春秋繁露》，而能運化《説文》，精切不浮，亦未易得。○胡琨《樵夫笑士不談王道賦》通體采輯子雲《太玄》《法言》等書、《羽獵》《河東》等賦語。李堯棟《五丁力士開山賦》通體煊染蜀事，閭邱德堅《吴越之間有具區賦》通體鋪陳吴越事實，長一千六百餘字，皆鉅觀也。

國朝何輝綬《宋子京修新唐書賦》，書之條目、品例、義類，無不貫通；胡世琦《全唐文賦》，書之編次、采輯、去取，無不明悉。讀兩賦如讀兩書，足與水之瀾《精熟文選理》作鼎峙。

國朝朱泰脩《笠以寫天賦》知天文者也，何凌漢《九河既道賦》知水道者也，鄒志初《黄鐘之宫爲律本賦》知律吕者也，王瑋慶《乾坤易之門賦》、許椿頤《易重一斤賦》知象數者也，人顧可以不學乎哉！

試賦於所得字，有可見主司之命意者。唐《濾水羅賦》以『濾彼水虫，疏而不漏』爲韵，《衡誠懸賦》以『不可欺以輕重』爲韵之類，猶解題中義耳。近如金光杰《息夫人不言賦》即以所得『可憐金谷墜樓人』意，末作『生玷芳名』一段，因之獲售，是又解題於題外矣。

題有前人名作在者，須自立主腦，不至人云亦云，始足制勝。顧元熙《沛父老留漢高祖》、金光杰《息夫人不言》兩賦，視唐人作有過之無不及也。

布局十六則

唐劉允濟《明堂賦》起『大哉乾元，紫微疏上帝之宫；邈矣坤輿，丹闕披聖人之字』

四句[二五]，《賦話》以爲雄峻，究不可法。

三字之句，起有連用四句者。宋謝惠連《雪賦》之『歲將暮，時既昏。寒風積，愁雲繁』，攝全神於筆先，誠不多多覯矣。唐杜牧之『六王畢，四海一。蜀山兀，阿房出』四句，王芑孫以爲牛鬼之魁，豈以其過於鬬險歟？

唐宋人破題，先輩論之詳矣，兹舉數則如左：李調元《賦話》云：『唐人試賦極重破題。白居易《性習相遠近賦》之「噫！下自人，上達君，咸德以慎立，而性由習分」，李涼公逢吉大奇之，爲寫二十餘本。韋象《畫狗馬難爲功賦》云：「有丹青二人，一則矜能於狗馬，一則誇妙于鬼神。」吴學士融方構是題，見之，遂焚所著，其價重一時如此。迄今觀之，不過疏解明晰耳。陳佑《平權衡賦》起句云：「俾民不迷，兹器維則。」八字典重而渾成。』[二六]又：『白居易《黑龍飲渭水賦》起句云「龍爲四靈之長，渭居八水之一」，獨有千古。』又：『作賦全在題首，須令冠冕涵蓋，出落明白。予最愛王棨《芙蓉峰賦》首聯，云：「疊翠重重數千仞兮，峭若芙蓉。非華岳之高掌，是衡山之一峰。朝日耀而增鮮，嵐光欲坼；秋風擊而不落，秀色長濃。」點撇明劃。』[二七]又：『作賦起法切要堂皇整肅，遇大題目更宜留心，如唐裴度《鑄劍戟爲農器賦》起句云「皇帝嗣位之十三載，寰海鏡清，方隅砥平。驅域中盡歸力穡，示天下不復用兵」數語，是何等氣象，所謂大人物方有此人手筆。』又：『宋人律賦起手亦極重制題。宋祁《王畿千里賦》云：「測圭於地，考極於天。風雨之所交者，道里之必均焉。」熊元《君人成天地之化賦》云：「物産于地，形鍾自天。賴君人之有作，成化工之未全。」率皆流播藝林，奉爲楷式。』又：『省試賦題出「天子聽朔于南門之外」，滿場皆曰詣南門而聽焉，惟魁多士者，以「詣」爲「出」，纔易一字，獨探驪珠，便見得在外意也。』吴錫麒《論律賦》云：『唐人起手，如李程《日五色賦》「德動天鑒，祥開日華」八字，最著人口。接云「首三光而效祉，彰五色而可嘉」，即將「五色」二字破出，此是定法。他如喻鉌《仙掌賦》云：「行盡烟蘿，仙峰隱嶙兮高掌巍峨。」王棨《涼風至賦》云：「龍火西流，涼風報秋。」音節特異，亦破題也。宋人猶守之弗失，故陳元裕主文衡，出「大椿八千歲爲春秋賦」，滿場破題皆閣筆。遂自作云：「物數有極，椿齡獨長。以歲歷八千之久，成春秋二序之常。」一時稱誦。如畫家點晴，意鬬飛動，若曹兹緣起，無复眉詮，則秦客之廋詞、齊贅之隱語近科文便不嫌一直説盡矣。須用全力鍊此數句，使閲者一見刮目。如起講之擒題，不嫌説盡，但不得喊破題面耳。唐人唯「天鑒」「日華」，微得此意，餘不多見也。』〔二九〕『即如宋廣平《梅花賦》後幅云：「鶯語方澀，蜂房未喧。獨步早春，自全其天。」若截此十六字作起手，便較原本起筆「高齋寂閴，歲晏山深」二句高出數層。無他，彼寬此緊，彼平漫此突兀也。又有雙擒直起法，如《以德爲車賦》：「德無遠而弗屆，車從適而皆通。」《衢尊賦》：「有盈者尊，有平者衢。」此式亦可用。』王芑孫《讀賦卮言》云：『賦最重發端。漢、魏、晉三朝，意思樸略，頗同軌轍，齊梁間始有標新立異者，至唐而百變具興，無體不備。其試賦則義當分晰，語多賅舉，或虛起，或實起。其虛起者，不勝枚數。其實起者，或用題字對舉，如楊鴻貞《月中桂樹》起曰「月滿於東，桂芳其中」，陸宣公《月臨鏡湖》起曰「月配陽，含虛而明；湖止水，體柔而平」；或用單提，如康僚《日中烏》起曰「相彼烏矣，超然莫同」，王勃《寒梧棲鳳》起曰「鳳兮鳳兮，來何所求」。凡此類，皆宗士衡「體物瀏亮」之指，原是試貼當行，久之遂成有司尺度，積而生厭，故晚生後進，争出奇特。略舉一隅：如元稹《奉制試以樂爲御賦》「臣伏奉庚寅之詔曰：天子以樂爲御，其義則那，臣以爲」云云，直用對策體起；李鋭《孫武教夫人戰賦》「昔孫武子以兵術干吴王曰，臣聞」云云、元稹《鎮圭賦》「天子鎮圭，十有二寸，其長」云云，皆直用考辨體起；于可封《至人心鏡賦》「莊生有言曰，至人用心，若鏡有旨哉！是言」云云、楊鴻貞《貫七札賦》「善乎！養由基之爲弓也」云云，皆用論贊體起；王棨《玄宗幸西凉府觀燈賦》「昔在明皇帝，召葉尊師。當新歲月圓之夜，是上元燈設之時。帝謂京洛，他處固難比也；師言良夜，今宵亦可觀之。於是」云云、劉乾《招隱士賦》「其始穿竹林以行，崎嶇詰曲，十餘里而始平。草木幽異，猿猱下來，空谷無人，水流花開」云云，皆直用記序體起；仲無顔《内人蹋毬賦》「毬，猶求也」云云、黄滔《曲直不相入賦》「曲也者，厥理惟何；直也者，其詞可屬」，皆直用疏釋體起；高郢《曹劌請從魯公一戰賦》「曹劌者何？魯國英士。將有征而無伐，必慮終而謀始。是以」云云、白居易《射中正鵠賦》「聖人弦木爲弧，剡木爲矢，惟弧矢之用也，中正鵠而已矣。是謂武之經、禮之紀，故王者」云云、元稹《觀兵部馬射賦》「大司馬以馳射而選才，衆君子皆注目而觀藝。至張侯之所乃誓。誓曰：今皇帝」云云、吴連叔《謙受益賦》「執勞謙者，可以爲天下君；習撝謙者，可以爲天下勳。在《易》也有自牧之義，於《書》也有受益之文」云云，皆直用原議體起。是皆變格，仍許當行。』〔三〇〕按此數條，已無法不備也。然總以『德動天鑒，俾民不迷』二聯爲極則，其餘須斟酌用之。

今之律賦，又有直起（人則直呼其姓氏，物則『有物焉』云云）、陪起（與本題類者連舉數項，有用『若夫』二字者）、題前起、翻起（如『將欲』『今將』『奚必』等字，又有連用『非』字以陪爲翻者）、頌揚起、弔古起（『客有』云云）、自寓起（『士有』云云）、溯原起（『稽古』『溯考』云云）等法，均覺尋常。惟鮑文逵《雪夜入蔡州》云：『蓋聞兵法，攻其無備，運用存乎一心。順陰陽以開闢，資謀略之深沉。載木罌以渡軍，魏王就擄；燒火牛而縛刃，燕將成擒。皆奇變而不測，何陳跡之可尋？』以議論起，令人叫奇。○顧元熙《神仙尉》『漢成哀之間，有隱君子者，僑于會稽之域，棲於闤廬之都』云云、吴銓《瓶笙》『有音若從雲霄來者，非絲非竹，疑管疑弦』云云、鮑桂星《查客至斗牛》『龍伯之津，谷王之壤，有靈查焉，與波上下』云云、趙光雅《燕山八景》『壯哉！神京之巨麗也』

云云、羅繞典《海日照三神山》『超然峙於虚無縹緲間者，神山也』云云、程祥棟《三顧草廬》『有卧龍岡者，捍樊城以南，蓋武鄉侯之所寄跡，而昭列帝之所停驂也。憶昔』云云，直起也。曾尚儀《李委吹笛》『南飛烏鵲，有魏武帝之慨慷焉；東去大江，有蘇文忠之壯激焉。若乃』云云，陪起也。李隆蕚《多文爲富》『求城睨柱，吾惜夫懷璧之夫焉；障簾傾身，吾陋夫守錢之奴焉。若夫』云云，翻起也。意亦猶人，善於用筆。又有作唱嘆起者，尤侗《蘇臺覽古》『噫嘻乎，悲哉！莽蕩平原，蕭條曠野』云云、顧鶴《賈大夫射雉》『有是哉，才之不可以已也。夫以』云云。

首段虚籠者，次段必點題。首段已點題者，次段或順遞，或翻騰，或提起，其勢須緊。

《賦學指南》論諸段云：『實發題面，正在此處。或鋪叙，或互勘，總要題無剩義，方爲不負此題。勢覺平，則提拔之；局稍直，則頓挫之；題有層次，則以反正折落之法疏醒之；題近板重，則以開合淺深之法闡發之；題義未盡，則推論之；題神欲傳，則詠嘆之；語恐其晦，則點染之；意虞其竭，則襯託之。』其説周至。

諸段中能用一翻騰之筆，全局已覺振也。《賦學正鵠》所收陳沆諸作，每用兩層反跌，翻空易奇，最足爲鈍根人良藥。《披榛采蘭》第三段云：『夫使山澤之間，獨生妙種；國香之外，不産群蕪。葉葉盡都梁之玉，花花皆澧浦之珠。將不窮於綴拾，亦何恨於睽孤？又使生而異圃，長不同區，獨佔空山歲月，不隨衆草榮枯。斯亦搜求最易，混雜全無。』〔三一〕《精金百鍊》第三段云：『然使珍斯頑礦，守此廉纖，磨非用石，洗不加鹽。特良工之見棄，何吉字之能占？抑或粗施砥礪，内憚攻砭，工夫未熟，火候無添，則亦終韜厥采，莫發其銛。精何有焉，只覺陶熔不到；鍊猶未也，難云學養相兼。』〔三二〕《斲梓染絲》第四、五段云：『假使器有良而無楛，衣有素而無緇。月斧纔揮，便中廟堂之選；雲縑甫漬，都成絺繡之奇。則雘之與丹，周誥何用重言乎梓；黄而不黑，墨子亦將無恨於絲。又使方木可轉爲圓木，拙工可易以巧工。不規不矩之餘，尚許重翻枘鑿；爲紺爲緅之後，還堪再就蒼葱。則雖斲而小之，或幸曲成於大匠；染之舊矣，猶將徐奏乎新功。』〔三三〕

律賦首段起數語，宜於鍊也，即後數段起處，亦須不用一虚字，輕圓勁峭、不即不離爲妙。唐黄滔《送君南浦》之『無不銷魂，如何舉目』、《秋色賦》之『愈碧吴山，偏清漢水』、《館娃宫》之『繡柱雲楣，飛蛟伏螭』等起語頗擅其長。國朝吴錫麒、顧元熙亦留心於此。吴如《雁字》第三段起云：『路長勢迴，峰峭行斜，十點五點，天涯水涯。』《采菱》第三段起云：『何來細語，至覿纖容。眉畫棱而月窄，髻垂影而雲鬆。』第六段起云：『那不腸回，何堪目極。香重丹輕，煙横路直。』〔三四〕《鏡聽》第五段起云：『如此傳神，何妨鑄錯。』含情轉多。情長似路，夜急於梭。』《誤筆成蠅》第七段起云：『問夜如何，《秋聲》第二段起云：『騷騷屑屑，瑽瑽琤琤。露下如滴，烟流亦聲。』顧如《廣寒宫》第二段起云：『是爲月府，超彼神州。』《吴季子挂劍》第五段起云：『公何往乎，劍猶在此。』《李廣射石》第三段起云：『褰繡袍襦，發金僕姑。鼓鼙夜静，榆柳秋枯。』《觀棋爛柯》第七段起云〔三五〕：『歸路如何，年華逝波。澗花不落，山鳥猶歌。』第七段起云：『將毋夢耶，何爲至是。落子無多，朽株乃爾。』第八段起云：『凡事如斯，浮生可嘆。人世千春，仙家一旦。』《蘭亭修禊》第二段起云：『有亭翼翼，臨水潺潺。』《吴越王射潮》第五段起云：『白雨晴捲，神風晝迷。寒星攢鏑，迅震振鼙。』均有興致。

唐李德裕《瑞桔賦》結云：『庶不改於霜雪，永酬恩于天地。』〔三六〕加倍形容，尊題法也，於纖小題宜。王棨《江南春賦》結云：『今日並爲天下春，無江南兮江北。』分外闊大，壓題法也，於衰颯題宜。又讚嘆（如『吁嗟乎』『異矣哉』『是知』云云，亦有不用虚字者）、陪襯（『彼夫』云云）、託題（『以視夫非然者』云云）諸法，亦是尊題。頌揚（『聖天子』『我皇上』云云）、翻題（『然而』『惜乎』『奈之何』云云）諸法，亦是壓題。與夫推原（題之所以然，如『是』『蓋』『蓋惟』云云）、推論（題之去路，如『由是』『未幾』『既而』『遂乃』云云）、懷古（如『迄今』『客有』云云，於弔古題宜）、寓意（如『士有』云云，於學問、經濟題宜）、總束（『莫不』云云），皆律賦之難免者，須相題爲之。

律賦結聯有作回顧語者。吴錫麟《晋王右軍題扇橋》云：『此日林泉著屐，同黏雁齒之餘莎；他年風雨渡江，再認牛毛之短樹。』夏思沺《吴季子挂劍》云：『他時若化龍飛，同爲棄我；今夕能來蝶夢，再見斯人。』有推之題外者。顧元熙《樵斧》云：『惟餘琪樹瓊枝，留待掄材大匠；尚有玉芝瑶草，歸貽採藥仙童。』《觀棋爛柯》云：『憐爾驂鸞緣淺，莫追西極之筵開；有人叩角心勞，猶詠南山之石爛。』陳寶輅《淮海南來第一樓》云：『從此留題彩筆，續南徐十好之詞；更教共駕扁舟，繼赤壁兩游之賦。』

每段中長句後間以短句，最難著筆，由於易冗滯也。吴穀人賦亦擅此長，幾於無篇不有。如《斗爲帝車》第三段列序諸星十句後，承以『霓旌霞幕，金支翠蕤。或縱或送，經之緯之』四句。《春水緑波》末段感慨十句後，承以『流水三生，春風一度』二句。《秋聲》第三段叙秋聲大發六句後，承以『天地合籟，山川送凉』二句。《成連移情》第一段統説全題十句後，承以『一回延眝，四顧邈綿。若離若合，非指非絃』四句；第四段叙風水形狀八句後，承以『鏗訇隱轔，怪奇譎詭』二句；第五段切琴引證六句後，承以『莫名其妙，各奏爾能。靈響遠結，孤懷自澄』四句。《昆明池織女石》第三段叙石十八句後，承以『中央宛在，一水相思』二句。《伏波銅柱賦》末段感慨四句後，承以『金石一編，滄桑幾度』二句。《誤筆成蠅》第五段叙旁觀驚訝六句後，承以『一聲彈指，半晌凝情』二句。《王右軍書蘭亭序》第二段叙將修禊六句後，承以『一年春色，幾處青山。林園若幄，水曲如環』四句。《陸羽爲茶神》第二段叙茶來歷十句後，承以『玉滴一嚥，心香四吐。艷雪飛空，虚濤灑户』四句。《調水符》第二段叙想一調水之方六句後，承以

『幾度沉吟，一番措置』；第六段叙水已調四句後，承以『今雨舊雨，一杯兩杯』二句。《采菱》第四段叙將采四句後，承以『長橋短橋，十里五里。釧動身移，衫兜怨起』四句。《蘆花》第三段叙其地其時六句後，承以『葉葉梢梢，蕭蕭瑟瑟』二句。或流動，或停蓄，神來之筆，令人叫絶。

押官韵宜於出奇取勝，人人知之也。然必審其來路去路，上下不悖，或順遞，或反擊，有岡斷雲連之勢，跗萼相銜，首尾一體方妙。○鮑照《蕪城賦》中盛衰兩段，前段以收作轉，筆力遒健，難得難得。國朝俞興瑞《韓蘄王湖上騎驢賦》第三段『方期志大竟成，坐收北地；豈意鞭長莫及，獨隱西湖』煞聯恰好逼出下『無何狼烟未靖，鳳詔先頒』一段，顧蒓《鵲橋賦》第三段『非無亘漢之虹，安得跨虹而去也；亦有支機之石，豈能鞭石以成之』煞聯恰好逼出下『忽見長橋，實資羽族』一段，是反擊也；谷逢鈞《焦尾琴賦》第三段『中有元音，天上之英咸待奏；忍而終古，人間之牙曠難逢』煞聯恰好逗出下『來者爲誰，懵然罔知』一段，劉步元《浮瓜沉李》第三段『主如趙勝之賢，十日維其多矣；臣似相如之渴，一杯何以解之』煞聯恰好逗出下『於是覓紅瓤之甘美，選黄扁之殊尤』一段，是順遞也。以此求之先輩稿中最多。

順題行文，易就平實，須有神龍夭矯，令人莫測之勢，斯爲妙手。然又非游騎無歸也。唐《漁父辭劍》《沛父老留漢高祖》兩賦，順題布置中猶必有『况乎』以追進一層，『時也』以停蓄一筆，不肯平平下去，即此可悟章法之善。○方海伯批《蜀都賦》後云：『凡作文有平衍處，有結構處。平衍以疏其葉，結構以揚其華。一味平衍，氣必剽而不留；一味結構，氣必抑而不揚。』《賦學正鵠》『氣機類』云：『能行氣則空靈，否則堆砌；能運機則活脱，否則平庸。蓋賦之用排偶，猶詩之有排律。杜工部長律，其對句必變化伸縮，出人意表，雖排比千百言，而與《北征》諸古詩一意單行者無異，所謂寓單行於排偶中也。本此意以爲賦，則能以排山倒海之氣，運水流花放之機，或翻空易奇，或逆持而入，或自難自解，或獨往獨來，每於路盡思窮時，忽開異境。其筆力縱横跌宕，頓挫淋漓，自有活虎生龍之妙。』《文訣》云：『不翻不緊，不跌不醒。』作賦何獨不然？

題有不可以層次行者，不妨以人、地、時分之，讀《吴顧賦鈔》中《燈花》《酒旗》《花鈴》《湘簾》等賦，自盡其妙。但此類須詞華烹錬、神韵高超，得六朝人鮑庾風流，而後恒蹊可脱。

第二段宜點題。陳鵬《九方皋相馬賦》以題爲韵，前三段純是議論，四段始用『懿夫九方皋之相馬也』入題。弔古之法，宜於末段。程祥棟《三顧草廬賦》第六段即用『迄今』云云，七段用『而當其』一提，末段更用『不然者』一結，皆結構之獨異者。

前面騰挪不可太緩，中間翻跌不可太遠，後路結束不可太散。

措辭十五則

楊升菴《謝華啓秀》收有『鋪象牙床，織犀角簟』二語，謂是沈約賦句，六朝不多有也，唐人尚多，如陸龜蒙《中酒》之『蒻雲夢芑，採泮宫芹』、王棨《武關》之『鎖百二都，綿幾千載』是。又有用三數目字者，李白《明堂賦》云：『三十六户，七十二牖。』近人更有『淵淵其淵，日日又日，坦蕩蕩天，活潑潑地』之聯，運用成語，句法特異。

五代賦起有『蒼蒼茫茫道遠，倚倚望望情傷』二句，《賦話》云：『句法娟秀，而從前渾古樸至之氣蕩然無存。且琢句過於脩潔，則漸就平蕪；遣詞必求諧靡，則轉入甜俗。

此流弊之所必至也。』予謂『蒼蒼』二句，儻添『兮』字，爲『蒼蒼茫茫兮道遠，倚倚望望兮情傷』，便爾古雅。

五七言句不可輕用。如《賦話》所取唐侯喜《秋雲如羅》之『擬六銖而披拂，伴仙女降衣；臨七夕以輕盈，助牽牛納采』、皇甫湜《山雞舞鏡》之『類鳳因簫感，哂鶴爲琴召』、楊宏貞《隙塵》之『疑琢玉成環，環中屑墜；若窺壺入洞，洞裡雲殘』、張隨《海客探驪》之『初辭磧礫，訝潭下星懸；稍出漣漪，謂川旁月上』等聯不宜於律〔三七〕，即王棨《曲江池》『有日影雲影，有鳧聲雁聲』，横空盤硬，音韵鏗然，爲千古絶唱，亦不得藉爲口實。七言如張隨《雲從龍》之『潤萬物豈待崇朝，拱千里才逾瞬息』、張何《蜀江春日文君濯錦》之『奪五色長風未散，泣百花微雨新洗』、白居易《射中正鵠》之『正其色温如灑如，游於藝匪疾匪徐』、陸龜蒙《中酒》之『麟毫簾近，遮雲母不足驚心；琥珀釧將，還玉兒未能回首』又『卞士蔚專諷蝦蟆，誠堪竊笑；莊周子化爲蝴蝶，實是憑虚』等聯〔三八〕，第三字一頓，直三字與四字句耳。又如唐黄滔《明皇回駕經馬嵬》之『輦路見梧桐半死，烟空失鸞鳳雙翔』、竇紃《五色筆》之『戴帛驚纈文漸出，臨池訝蓮影長新』、白行簡《五色露》之『露藥訝仙童捧來，潤石疑女媧欲補』、宋文彦博《雁字》之『水宿近蒹葭露下，垂露勢全；雲飛經螮蝀橋邊，題橋象著』等聯，第三用活字，便不生硬。近人路德仁在堂《鑄劍戟爲農器賦批》云：『問：諸卷中有鏗鏘響亮，句調諧和，如云「處處皆帶牛佩犢，家家盡犁雨耕雲」，並非五七言詩句，今率用大點點之，斥爲惡調，何也？曰：此非一言可盡，姑舉其一。《陳檢討四六》有云：「四圍皆王母靈禽，一片悉嫦娥寶樹。」前人譏爲惡調。問：何爲便非惡調？曰：若删去「皆」「靈」「悉」「寶」字，各句增一「之」字，云「四圍王母之禽，一片嫦娥之樹」，如此便成雅調，餘可類推。』大抵詞章一道，旁門最多，惟讀書勤，入古深者爲能辨之。○句有七字長排而不嫌者，顧元熙《梭化爲龍》云：『憶當時鳳管鸞笙，雅曲未終於天上；想此後璚雲珠露，甘霖誰沛乎人間。』《佛手柑》云：『一勺而露滴楊枝，即韵士騷人之供；數片而味參玉版，有詩僧禪客之風。』朱泰修《笠以寫天》云：『廿八舍綺交棋布，繪成上帝之圖書；十二次龍躍蛇騰，画徧保章之分野。』洪昌燕《借箸》云：『倘此計一時誤就，沸騰而怨起轑羹；賴有人三傑齊驅，操縱而雄堪奪席。』何栻《項王垓下聞楚歌》云：『長離曲且和虞兮，我憐卿卿當憐我；變徵聲都成楚些，人負汝汝亦負人。鄉心落亭長船中，春漲與軍聲並息；戰血灑老君巖下，秋燐則鬼唱猶多。』《梁夫人桴鼓助戰》云：『撼山易而撼軍難，方面等岳家之重；得雄王而得雌霸，同心儷陳寶之祥。漢飛將虎頭燕頷，儘誇將夫壻奇姿；衛碩人螓首蛾眉，誰識是英雄真面。』

又《仁在堂賦》中『半是三千脱劍之人，依然百萬持戟之士』二句批云：『律賦平仄，須論腰脚。腰平者脚必仄，腰仄者脚必平，定法也。此賦「依然百萬持戟之士」句，「戟」「士」皆仄聲，似於腰平脚仄之説有礙，因「持戟」四字係成語，而又音節自然，讀去順口，故亦無妨，然總不得援此爲例。』其説甚當。但『半是』二句，八字成句，未免冗軟。首二字儘可除去一字，即不然，必如『之』字句類所收唐人『當翠輦黄屋之方行，見金枝玉葉之可數』等聯而後可。〇『半是』二句句法，唐人亦多，究無佳者。

措詞之妙，無過唐人，兹爲略舉數聯如左：有旁面一反一正者，李遠《題橋》云：『幾遭凡目之見嗤，徒云率爾；終俟瓌姿之後至，覺始昭然。』有兩開兩合者，康僚《漢武帝重見李夫人》云：『非因不死之藥，豈便長生；何用返魂之香，自然神化。』有反面旁面着想者，李表臣《破鏡飛上天》云：『意迢遞而難明，半生象外；豈别離之可贈，餘在人間。』有對面前面着想者，黄滔《周以龍興》云：『孟津契會，此時不愧於雲從；羑里栖遲，昔日何傷於魚服。』〔三九〕有兩面夾寫者，陸龜蒙《中酒》云：『屈大夫之獨醒，應難共語；阮校尉之連醉，不可同行。』有一氣呵成者，黄滔《戴安道碎琴》云：『焉有生平，操樂府錚鏦之妙；爰教一旦，厠侯門戞擊之徒。』〔四〇〕有題前盤旋者，宋言《敷雞鳴度關》云：『君臣相視，方懷累卵之危；豪俠同謀，未有脱身之計。』有題後顧盼者，李遠《題橋》云：『追尋往跡，先知今日之榮；拂拭輕塵，宛是當年之字。』〔四一〕有兩相照應者，王棨《詔遣軒轅先生歸羅浮舊山》云：『當九重之宫裏，思山之意則深；及萬里之途中，戀闕之誠不淺。』有旁面先墊一筆者，宋言《敷雞鳴度關》云：『迴瞻滿座，皆默默以無言；散入荒村，漸膠膠而不已。』有後面回繳一筆者，王棨《沛父老留漢高祖》云：『白髮多傷，鳳輦願停於此日；翠華一去，皇恩再返於何年。』有兩人對寫者，張仲素《回文錦》云：『居人言念，緘萬恨而在中；君子置懷，字三歲而寧滅。』有反面典而正用者，白敏中《息夫不言賦》云：『誰令喋喋，駐五馬而誚使君之愚；焉用嘻嘻，獲一雉而忘大夫之醜。』有旁面典而正用者，陳章《風不鳴條》云：『似有心於松柏之内，上下依依；類無言於桃李之蹊，往來默默。』〔四二〕《律賦約言》云：『拈題後就題之四面八方選料，正面之料原有限，妙於用比、用襯、用借、用附會，熟用此法，便覺人皆孑孑，我獨有餘。』

唐白居易《敢諫鼓賦》『洋洋盈耳，幽贊逆耳之言；坎坎動心，明啓沃心之諫』、獨孤綬《三春茅賦》『理盡三分，似叶通三之化；體皆一類，欲明得一之靈』、高郢《獻凱樂賦》『播師樂於六律，寰海用寧；揚軍聲於五聲，華夷知勸』、宋失名《舜由仁義行賦》『亶聰明而有作，無作聰明；由仁義以安行，非行仁義』等聯〔四三〕，即《賦學指南》之所謂搓法、旋法也，有道理在，非徒空衍。雖先輩嗤爲俗調，亦理致典重題之不廢也。

吴錫麒以唐周鉞《吴嶽賦》『霜地表之千鐔，黛波間之數點』二句首二字爲實字虚鍊法〔四四〕。予按：齊張融《海賦》『筵秋月於源潮，帳春霞於秀瀨』首二字亦然，鍊得好，最易出色。轂人《賦賦》『鵠顔謝其能起，席江鮑其並參』聯，『鵠』『席』字即是此法。

作賦若盡求本題故實，不惟難以成篇，即一段亦難敷衍過去，勢不得不覓與題相近者陪襯而熗染之。如唐王棨《回雁峰》之『亦猶鸜鵒，踰清濟以無回；何異鷓鴣，渡澄江而不得』〔四五〕，又《夢爲魚》之『莊生化蝶之言，昔時未信；公子爲烏之驗，今日方知』、陳章《腐草爲螢》之『無聲無臭，同朽萕之成蛩；有顯有微，殊積穀之爲蠹』、謝觀《初雷啓蟄》之『似桴鼓之纔終，戈鋋熠熠；如擊石之止後，鳥獸鏘鏘』、薛逢《天上種白榆》之『或全或缺，陋蟾桂於月中；莫往莫來，鄙蟠桃於海上』、李鐸《密雨如散絲》之『蔽重霄之藹藹，猶委緒風；映遠岫之濛濛，乍迷縠霧』等聯均佳。

古賦用數目字，不過二三字而止。雖庾信雜文中有『二十八宿，止餘吴越一屋；千八百國，裁漏麟洲小水』『平陽蒲阪，賢臣則二十五人；顓頊高辛，才子則一十六族』之聯，猶三字也。若國朝吴錫麒《斗爲帝車賦》之『閲三十五萬里而遥，皆屬玄珠之照；循三百六十度而往，如爲王道之遵』、陸偉堂《東坡先生生日賦》之『未老得一百四十年，静坐想異人之授；卯君誕二月二十日，後期溯同叔之生』。戒禪師前生參佛，化身萬有億千；謝道士同歲學仙，上壽百餘二十』、鮑桂星《查客至斗牛賦》之『其次則七百八十里之紀其高，則八萬四千里有奇』、孫理《修月賦》之『此經三百六十日之程期，緝就星房霧牖；而合八萬二千户之工作，裝成貝闕珠宫』、楊騊《老人星賦》之『四萬八千歲之先，篤生已久；二千五百星之内，薦壽攸司』則以四字勝矣，典重稱題，亦足炫人觀聽。

又有用五六字者，宋泰《修笠以寫天》云：『一南一北，判三百六十五度而平分；半現半藏，合七百八十三星而畢集。』彭孫遹《璿璣玉衡賦》云：『其攝乎坤軸也，十有九萬三千里而廣；其括乎乾象也，三百六十有五度而贏。』有不得不爾之勢，便非無理取鬧。

唐黄滔善用顔色字，賦中有『青恨』『緑愁』『春紅』『暮碧』『翠活』『霞生』『歲寒』『烟翠』『愈碧』『偏清』等字，俱工。至支干、卦名之對，前所未聞。

律賦限韵多用虚字，因難見巧，易於制勝，然又非可以杜撰了事也。唐如柳宗元《披沙揀金賦》云『用之則行，斯爲美矣；求而必得，不亦説乎』，李程《金受礪賦》云『非夫堅石之鍛乃礪乃，巧匠之藏焉修焉』，無名氏《簫韶九成賦》云『既和且樂，亦孔之皆』，《垓下楚歌賦》云『兩雄較武，焉知劉氏昌乎；四面聞歌，是何楚人多也』，馬植《登山采珠賦》云『文豹且異於驪龍，采斯疏矣；白石又殊於老蚌，剖莫得之』，浩虚舟《行莫由徑賦》云『顔生負郭之田，有時窺矣；謝氏登山之屐，無所用焉』，白行簡《濾水羅賦》云『蟭螟之生必全，有以小爲貴者；江漢之流雖大，盡可一以貫之』，賈餗《莊周夢爲蝴蝶賦》云『形隨夢改，豈必大人占之；心與物遷，孰云夫子聖者』，王棨《沛父老留漢高祖賦》云『聖代而陽和煦物，元首明哉；暮年而蒲柳傷秋，老大耄矣』〔四六〕，獨孤鉉《鑿屋偷光賦》云『守其黑，非吾徒也；用其光，若己有之』等聯〔四七〕，順押也。高郢《痀僂丈人承蜩賦》云『期於百中，則啼猿之射乎；曾不孑遺，殊篡鴻之弋者』〔四八〕，崔損《霜降賦》云『笳聲乍拂，怨楊柳之衰兮；劍鍔可封，發芙蓉之厲爾』，無名氏《鍊石補天賦》云『卿雲初觸，當碧落以麗乎；銀漢同流，激清霄而即彼』〔四九〕，元稹《觀兵部馬射賦》云『砉爾摧班，示偏工於小者；安然飛鞚，故無憂於殆而』〔五〇〕，韋肇《瓢賦》云『安貧所飲，顔生何愧於賢哉；不食而懸，孔父嘗磋夫吾豈』，白行簡《韞玉求價賦》云『韞藏之則爾能，求沽諸則吾豈』〔五一〕，又《濾水羅賦》云『功且知其密矣，用寧憂於己而』〔五二〕，陳章《水輪賦》云『罄折而下隨歭彼，盈持而上善依於』〔五三〕，裴度《二氣合景星賦》云『昏在昴中，示春物之將蠢爾；申爲斗建，兆秋風之欲凄其』，折押也。至宋言《漁父辭劍賦》之『既横流而濟矣，因解劍以酬之』、元稹《觀兵部馬射賦》之『曾驥足之展矣，翻猿臂而射之』、黄滔《秋色賦》之『驅走群言，寫抑鬱之懷矣；搜羅萬象，賦蕭條之景焉』、康僚《漢武帝重見李夫人賦》之『迷甚化宫，周穆之游果爾；地非巫峽，楚襄之夢應然』、王棨《一賦》之『琴瑟專矣，車書混之』、《珠塵賦》之『自南自北，低瑶席以紛然；匪疾匪徐，拂璇題而炯若』、盧肇《鸜鵒賦》之『且喤喤之奏未終，而洩洩之容自若』、何類瑜《德星聚賦》之『人以文而會也，星不言而信焉』、獨孤申叔《處囊錐賦》之『既藏身於不固，寧脱穎之無必』等聯，無須成語，自然穩洽，是在用筆之妙思也。近人如《蛾子時術》之『教何需乎服不，智何遜乎意而』、《望雲思雪》之『非關日暮看雲，詩懷白也；豈是時晴快雪，書羨羲之』、《三顧草廬》之『三沐三薰，此際情深鄂不；一丘一壑，何年歸老林於』、《木從繩》之『如彼伐柯，睨視適昭其則；宛同斬梓，作鱗亦曰之而』、《離爲蟹》之『異味渾殊不乃，食單擬佐來其』等聯，虚字實押，迥不猶人，然亦須看題旨之合不合、文勢之行不行也，不可一味逞奇。○唐賦限韵有四平四仄之説，亦未盡然。

律賦限韵有同字同韵者，如予今歲所課《南平軍大被褥賦》以《釋名》『被，被也；褥，辱也』爲韵，《一大爲天賦》以『巍巍乎唯天爲大』爲韵之類，不惟『被』『被』、『也』『也』、『巍』『巍』各兩段，不得不重押，即『褥』『辱』、『唯』『爲』各兩段，亦宜防其複也，蓋定法矣。（唐賦有同韵作一段並押及限字前後隨押者，今則不宜。）

《螢雪叢談》云：『有士人在場屋間，賦《帝王之道出萬全》，絶無故實，遂問一老先生。答云只有「一舉空朔庭，三箭定天山」好使，要在人斡旋爾。或謂此事乃人臣，非帝王，不可，疑誑之。後於程文中見一舉人使得最妙，曰：「一舉朔庭空，竇憲受成於漢室；三箭天山定，薛侯禀命於唐宗。」』〔五四〕《北窗炙輠録》云：『黄致一初進科場，方十三歲，時出「腐草爲螢」賦題，未審有何事跡。同場以其兒童，易之，漫告之曰，螢則有若所謂「囊螢讀書」，草則有若所謂「青青河畔草」，又若所謂「君子之德風，小人之德草」，皆可用也。其事皆牢落不羈，同場姑以塞問，元非事實。致一乃用此爲一聯云：

「昔年河畔，曾叨君子之風；今日囊中，復照聖人之典。」遂發解。』〔五五〕《復小齋賦話》云：『賦中最多比體，然以人比物，如何着筆？ 王棨《回雁峰賦》云：「稍類乎王子乘舟，已盡山陰之興；曾參命駕，因聞勝母之名。」得此三虛字，便死處皆活，實處皆虛，並不嫌其擬不於倫。余特爲拈出，不惜把金針度與也。』看此三條，自知運典之法。又《偶隽》云：『楊用修與諸才士宴集，偶談及唐人謝觀《白賦》云：「曉入梁王之苑，雪滿群山；夜登庾亮之樓，月明千里。」《赤賦》云：「田單破燕之日，火燎平原；武王伐紂之時，血流漂杵。」一客效之，作《黑賦》曰：「孫臏銜枚之際，半夜失踪；達磨面壁以來，九年閉目。」一客賦「青」曰：「帝子之望巫陽，遠山過雨；王孫之别南浦，芳草連天。」一客賦「黄」曰：「杜甫柴門之外，雨漲春流；衛青油幕之前，沙含夕照。」或謂「月明千里」得白之神，口「火」曰「血」，不免著跡，且燎原事與田單不相干。一客改之曰：「堯時十日並出，爍石流金；秦火三月延燒，照天燭地。」用修謂：「曰血曰火，及十日並出、三月延燒，皆非佳境。」或改之曰：「孫綽賦天台景，高城霞起而建標；杜牧詠江南春，十里鶯啼而映緑。」稍有風韵。又賦「黄」曰：「靈均之嘆木葉，秋老洞庭；淵明之啜落英，霜清彭澤。』信勝舊矣。《黑賦》亦非佳況，余居堯山堂，與家兄春甫見後談及此，春甫應聲曰：「驪驥成群，雲暗陰山之北；烏鴉作陣，風霾柏府之旁。洗硯而墨池渾，回車而耘林暮。」並不作點鬼簿語，因相語鼓掌大噱。』此條亦有益學者。

選料固須典實，然典實不可過於堆砌；措詞固須錘鍊，然錘鍊不可過於滯晦。唐楊炯好以古人姓名連用，人稱之『點鬼簿』。徐彦伯多變易求新，以『鳳閣』『龍門』『金谷』『玉山』『竹馬』『月兔』爲『鶡閣』『虬户』『銑溪』『瓊岳』『篠驂』『魄兔』，後進士效之，謂之『徐澀體』。皆犯此弊。

《雨村賦話》云：『言對爲易，事對爲難。反對爲優，正對爲劣。』《律賦約言》云：『寬韵窄押，窄韵寬押，生韵熟押，熟韵生押。』一言選詞，一言選韵。

校勘記

〔一〕張惠言《七十家賦鈔序》原文爲：『其志潔，其物芳，其道杳冥而有常，此屈平之爲也，與《風》《雅》爲節，焕乎若翔風之運輕霰，灑乎若元泉之出乎蓬萊而注渤澥。及其徒宋玉、景差爲之，其質也華，然其文也縱而後反。雖然，其與物椎拍宛轉，泠汰其義，轂輠於物，芴芴乎古之徒也。剛志决理，輐斷以爲紀，内而不汙，表而不著，則荀卿之爲也，其源出於《禮經》，樸而飾，不斷而節。及孔臧、司馬遷爲之，章約句制，奡不可理，其辭深而旨文，確乎其不頗者也。」

〔二〕「以」，《叢書集成初編》本作「而」。

〔三〕「物」，《四部叢刊》《太平御覽》作「象」。

〔四〕「行藏」「假託」「楚辭」，《四部叢刊初編》《國朝文類》《元文類》分別作「出處」「假設」「楚語」。

〔五〕「香」，《御定淵鑒類函》作「秀」。

〔六〕「擬諸形容，言務纖密；象其物宜，理貴側附」《四部叢刊初編》作「擬諸形容，則言務纖密；象其物宜，則埋貴側附」。

〔七〕「正」「天地」，《御定歷代賦匯》分別作「丘」「天」。

〔八〕「造」，《御定歷代賦匯》作「制」。

〔九〕「竊虞三家篇殘」，《歷代辭賦總匯》作「竊恐三家编殘」。

〔一〇〕『真玩』，《吴顾赋稿合刻》本作『珍玩』。

〔一一〕『輪』，《四部叢刊初編》本作『輸』。

〔一二〕『器在利不在人』，《御定歷代賦匯》《全唐文》作『器在利不在大』。

〔一三〕『起』，《館課賦稿》作『從』。

〔一四〕『悵』『片』，《律賦類纂》分别作『恃』『瓦』。

〔一五〕『竹』『饒』『求』『鉏』，《賦海大觀》本分别作『杖』『豐』『未』『鋤』。

〔一六〕『再彈』，《律賦類纂》作『再鼓』。

〔一七〕『思逃名之庾衮』，《賦海大觀》作『愧逃名之庾衮』。

〔一八〕『尚』，《賦海大觀》作『常』。

〔一九〕『國』『珍』『恨』，《律賦類纂》分别作『境』『琛』『憾』。

〔二〇〕『汝』『雙』，《賦海大觀》分别作『樹』『獲』；『基開豐沛也』，《賦海大觀》作『基開豐沛也哉』。

〔二一〕『好』，《賦海大觀》作『自』。

〔二二〕『告功』，《賦海大觀》作『告成功』。

〔二三〕此段文字《賦海大觀》有多處不同，原文作：『然而隱君子相警之意，誠不在於書也。恐豪傑志同聶政，豈留侯真遇仙裾？唯納履其鋭可折，知包羞人所難如。倘云神授奇謀，何有兵書傳世；漫謂城留黄石，至今仙迹終虚。不然良亦嘗辟穀爲心，學仙是務。欲向上界飛昇，頗棄人間不顧。而何以濟北踐十年之約，相對無言；洛中閉一歲之門，神機未悟。故傳書事妄，論由玉局之詞；讀史人來，詩繼青蓮而賦。』

〔二四〕此段文字浦銑《復小齋賦話》作：『作小賦必先認題，如《凉風至》《小雪》《握金鏡》諸賦，須看其處處不脱「至」字、「小」字、「握」字。不則，便可移入「凉風」「雪」「金鏡」題去矣。』

〔二五〕『元』『字』，《全唐文》《御定歷代賦匯》作『象』『字』。

〔二六〕引見《雨村賦話》卷一，下有『殆欲與「日華」「天鑒」之句並驅中原矣』之句。

〔二七〕『增』『拆』，《全唐文》《御定歷代賦匯》作『争』『拆』。

〔二八〕引見吴錫麒《論律賦》，起句之字稍有不同：『唐人起手最重制題，亦謂之破題。』

〔二九〕侯心齋《律賦約言》原句作：『唐人唯李程《日五色賦》起句云：「德動天鑒，祥開日華。」微得此意，餘不多見也。』

〔三〇〕「昔孫武子以兵術干吴王曰」，《全唐文》《御定歷代賦匯》作「昔孫武以兵術干吴王曰」；「养由基之爲弓也」，《全唐文》《御定歷代賦匯》作「养由之爲弓也」；「至張侯之所乃誓」，《文淵閣四庫全書》《御定歷代賦匯》《白氏長慶集》作「至張侯之所乃執弓而誓」。

〔三一〕「綴拾」，《陳沆集》作「掇拾」。

〔三二〕「然使」句，《簡學齋館課賦存》作「然使珍兹渾渾，守此纖纖」；「特」，《簡學齋館課賦存》作「將」。

〔三三〕「墨子亦將無恨於絲」句，《簡學齋館課賦存》作「墨子亦無憾於絲」。

〔三四〕「丹」，《吴顧賦稿合刻》作「舟」。

〔三五〕「七」應爲「六」之誤。

〔三六〕「庶」，《御定歷代賦匯》作「度」；「霜雪」，《御定歷代賦匯》《文苑英華》作「雪霜」。

〔三七〕「降衣」，《御定歷代賦匯》《文苑英華》同，《全唐文》作「而降夜」；「助牽牛納采」，《御定歷代賦匯》《文苑英華》同，《全唐文》作「助牽牛而納采」；「辭」，《全唐文》同，《御定歷代賦匯》《文苑英華》作「解」。

〔三八〕「拱」，《全唐文》《御定歷代賦匯》《文苑英華》作「控」；「色」，《全唐文》《御定歷代賦匯》

《文苑英華》作『雲』;『泣』,《御定淵鑒類函》作『勝』,《御定歷代賦匯》《文苑英華》《全唐文》作『泫』;『士』,《御定歷代賦匯》《文苑英華》《四部丛刊初编》同,《全唐文》作『七』。

〔三九〕『孟』『不』,《御定歷代賦匯》《全唐文》作『盟』『莫』。

〔四〇〕『生平』『操』,《御定歷代賦匯》《全唐文》分別作『平生』『探』。

〔四一〕『當年』,《御定歷代賦匯》《文苑英華》《全唐文》作『昔時』。

〔四二〕『蹊』,《御定歷代賦匯》《文苑英華》《全唐文》作『問』。

〔四三〕『播師樂於六律』,《御定歷代賦匯》《文苑英華》《全唐文》作『播師律於六律』;『無作聰明』,《宋稗類鈔》作『不作聰明』。

〔四四〕引文有脱略,原文作:『西窺劍閣,霜地表之千鐔;東瞰蓬萊,黛波間之數點。』

〔四五〕『鸜』『回』,《御定歷代賦匯》《全唐文》《麟角集》作『鴝』『因』。

〔四六〕『老大髦矣』,《御定歷代賦匯》《全唐文》《麟角集》《文苑英華》作『老夫髦矣』,是。

〔四七〕『鑿屋偷光賦』,《全唐文》《文苑英華》作『鑿壁偷光賦』。

〔四八〕『篡』,《御定歷代賦匯》《全唐文》《文苑英華》作『慕』,是。

〔四九〕『即』，《御定歷代賦匯》《全唐文》作『節』。

〔五〇〕『鞚』，《文苑英華》作『控』。

〔五一〕『諸』，《御定歷代賦匯》《全唐文》作『之』。

〔五二〕『密』，《御定歷代賦匯》《文苑英華》《全唐文》作『至』。

〔五三〕『盈持』，《御定歷代賦匯》作『持盈』。

〔五四〕此段文字《百川學海》《叢書集成初編》本略有差異，原文作：『昔有士人在場屋間，賦《帝王之道出萬全》，絶無故實，遂問一老先生。答云只有「一舉空朔庭，三箭定天山」好使，要在人斡旋爾。或謂此事乃人臣，非帝王，不可用，疑誑之。後於程文中見一舉人使得最妙，其説題目甚透。有曰：「一舉朔庭空，竇憲受成於漢室；三箭天山定，薛侯稟命於唐宗。」』

〔五五〕『同場以其兒童』，《戒菴老人漫筆》（明萬曆刻本）作『同場皆以其兒童』，『兒童』『易』，《宋稗類鈔》本作『童年』『忽』，『囊螢』『草則有若』『姑以塞問』『元非事實』『一聯云』《戒菴老人漫筆》《宋稗類鈔》本作『聚螢』『草則若』『姑以塞其問』『元非事實也』『一隔句曰』。

載世懷跋

國朝文教昌明，超越前代，舉一切經史百家之學，昔賢所未發明者，莫不推闡無遺，誠後事師也。獨文藝一門，言文言詩之家踵起並争，而於賦竟寥寥无幾。近張香濤先生《書目答問》所收，亦不過李雨村《賦話》、王念豐《讀賦卮言》兩書。而王書敷陳大旨，非利初學；李書雖利初學，未臻明備於六朝前，亦過略。難云盡善也。

吾叔主講瀛山，課讀之餘，摘録是編，分門别類，考証周詳，如行路然，一經指點，即無至迷途是誤，循循善誘之心，不良苦哉！且吾嘗見今之讀者與課者矣，守一部高頭講章於八股，互相摹仿，幸而微有所獲，即競趨名利，直不知天地間尚有何學問，更無論復别有所謂功業，誠可慨也。

吾叔窮約自安，不諧於俗常，閉户讀書，與時人異。故數年以來，南游黔，北赴京，山川跋涉，不廢著述，其存稿尚有《聽鸝山館駢文》《詩集》《詩話》《書記》《瑣言》《江漢歸船日記》《毾㲪雜記》數種，不僅僅以是書見也。而是書尤爲學者所賴，並足補昔賢所未逮。同門諸友以傳寫難徧，且烏焉易舛，謀付剞劂。數請而後許之，吾叔終歉然焉。因綴數語以誌吾叔之苦心，與此心之嚮往云。

光緒辛巳年重九日受業姪世懷謹跋

徵引文獻

[南北朝]劉勰《文心雕龍》，范文瀾注本，人民文學出版社一九五八年版

[唐]佚名《賦譜》，張伯偉校證《全唐五代詩格匯考》本，江蘇古籍出版社二〇〇二年版

[宋]鄭起潛《聲律關鍵》，《宛委別藏》影印本，商務印書館一九三五年版

[元]祝堯《古賦辨體》，明嘉靖十一年（一五三二）刻本

[清]李調元《賦話》，《叢書集成初編》本

[清]浦銑《復小齋賦話》，清乾隆五十三年（一七八八）復小齋刻本

[清]王芑孫《讀賦卮言》，清光緒十一年（一八八五）富順考雋堂刻本

[清]汪廷珍《作賦例言》，遜敏堂叢書本

[清]魏謙升《賦品》，《賦話六種》本，何沛雄編著，香港三聯書店一九八二年版

[清]孫奎《春暉園賦苑卮言》，清嘉慶十五年(一八一〇)刻本

[清]余丙照《賦學指南》，清道光七年(一八二七)初刊本

[清]林聯桂《見星廬賦話》，《高凉耆舊遺書》本

[清]江含春《楞園賦説》，清抄本

[清]姜學漸《味竹軒賦話》，清同治六年(一八六七)《資中賦抄》本

[清]戴綸喆《漢魏六朝賦摘艷譜説》，光緒七年清(一八八一)四川瀛山書院刻本

[清]劉熙載《藝概》，上海古籍出版社一九七八年版

[清]姜國伊《尹人賦話》，《守中正齋叢書》本

[元]楊維楨《麗則遺音》，《景印文淵閣四庫全書》本

[明]陳山毓《賦略》，明崇禎七年(一六三四)刻本

[清]王修玉《歷朝賦楷》，清康熙二十五年(一六八六)天鑒樓原刻本

[清]孫濩孫《華國編唐賦選》，清雍正年間(一七二三—一七三五)刻本

[清]陳元龍《歷代賦彙》，清康熙四十五年(一七〇六)揚州詩局本

[清]吴錫麒《有正味齋駢體文》,《續修四庫全書》本
[清]湯稼堂《律賦衡裁》,清瀛經堂刻本
[清]張惠言《七十家賦鈔》,清乾隆五十七年(一七九二)刻本
[清]朱一飛《律賦揀金録》,清乾隆四十一年(一七七六)刻本
[清]邱士超《唐人賦鈔》,清嘉慶十八年(一八一三)刊本
[清]鮑桂星《賦則》,清道光二年(一八二二)鮑氏家刻本
[清]顧蒓《律賦必以集》,清嘉慶十八年(一八一三)雲南刻本
[清]李宗昉《聞妙香室文》,清道光十五年(一八三五)刻本
[清]徐斗光《賦學仙丹》,清道光四年(一八二四)柳深處草堂家塾刻本
[清]潘遵祁《唐律賦鈔》,清道光二十八年(一八四八)三松堂刊本
[清]徐承埰《賦法梯程》,清同治六年(一八六七)春暉堂費氏抄本
[清]程祥棟《東湖草堂賦鈔》,清同治六年(一八六七)抱朴山房刻本
[清]李元度《賦學正鵠》,清同治十年(一八七一)李氏爽溪家塾刻本

［清］鴻寶齋主人《賦海大觀》，清光緒十四年（一八八八）鴻寶齋刊本
［清］蘇輿《律賦類纂》，清光緒二十七年（一九〇一）思賢書局刻本
［漢］班固《漢書》，中華書局一九六二年版
［唐］魏徵《隋書・經籍志》，商務印書館一九五五年版
［漢］司馬遷《史記》，中華書局一九五九年版
［唐］令狐德棻《周書》，中華書局一九七一年版
［唐］李延壽《南史》，中華書局一九七五年版
［唐］李延壽《北史》，中華書局一九七四年版
［五代］劉昫等《舊唐書》，中華書局一九七五年版
［宋］歐陽修、宋祁等《新唐書》，中華書局一九七五年版
［元］脱脱等《宋史》，中華書局一九七四年版
［清］張廷玉等《明史》，中華書局一九七四年版
［清］陳元龍《歷代賦彙》，鳳凰出版社二〇〇四年版

[明]張溥《漢魏六朝百三名家集》，江蘇古籍出版社二〇〇二年版
[清]嚴可均《全上古三代秦漢三國六朝文》，中華書局一九五八年版
[清]董誥等《全唐文》，中華書局一九八三年版
[宋]李昉等《文苑英華》，中華書局一九六六年版
《屈原集校注》，金開誠、董洪利、高路明校注，中華書局一九九六年版
《陶渊明集箋注》，袁行霈箋注，中華書局二〇〇三年版
《庾子山集注》，[清]倪璠集注，許逸民點校，中華書局一九八〇年版
《江文通集彙注》，[明]胡之驥彙注，中華書局二〇〇六年版
《鮑照集校注》，丁福林、叢玲玲校注，中華書局二〇一二年版
《杜詩詳注》，[清]仇兆鰲注，中華書局一九七九年版
《楚辭補注》，洪興祖補注，白化文等點校，中華書局一九八三年版
《文選李注義疏》，[唐]李善注，高步瀛義疏，曹道衡、沈玉成點校，中華書局一九八五年版

《李太白全集》，[清]王琦注，中華書局二〇一一年版
[唐]徐堅《初學記》，中華書局二〇〇四年版
[清]吴錫麒《有正味齋集》，清嘉慶十三年(一八〇八)刻有正味齋全集增修本
[清]紀昀《紀文達公遺集》，清嘉慶十七年(一八一二)紀樹馨刻本
[清]阮元《定香亭筆談》，清嘉慶五年(一八〇〇)揚州阮氏琅嬛僊館刻本
王水照《歷代文話》，復旦大學出版社二〇〇七年版
許結《中華大典·文學典·文學理論分典》(騷賦論部)，鳳凰出版社二〇〇八年版
劉志偉《文選資料彙編》(賦類卷)，中華書局二〇一三年版
余祖坤《歷代文話續編》，鳳凰出版社二〇一三年版
徐志嘯《歷代賦論輯要》，復旦大學出版社一九九一年版
高光復《歷代賦論選》，黑龍江人民出版社一九九一年版
王冠《賦話廣聚》，北京圖書館出版社二〇〇六年版

陳良運、王以憲《中國歷代賦學曲學論著選》，百花洲文藝出版社二〇〇一年版
何沛雄《賦話六種》，三聯出版社一九八二年版
詹杭倫《雨村賦話校證》，（臺灣）新文豐出版社一九九三年版
何新文、路成文《歷代賦話校證》，上海古籍出版社二〇〇七年版
［清］林聯桂《見星廬賦話校證》，何新文、佘斯大、踪凡校證，上海古籍出版社二〇一三年版
踪凡、郭英德《歷代賦學文獻輯刊》，國家圖書館出版社二〇一七年版

附録　《國朝四川儒林文苑傳》序

學使錢塘吴敬疆先生慶坻觀風命題
綦江戴綸喆吉雙代輯

嗟乎！音塵寂寞，有同秋草，古人之所謂盡然傷矣。網羅之，紀述之，不甚賴當世之大人先生有氣力能文章者，爲之闡微發幽也耶？果爾，則後生小儒且將聞風興感，而非僅長逝者之所託命也已。嗚呼，不綦賢歟！蜀自文翁啓化，蔚爲大邦，生其間者，魁儒碩學，韡韡含章之彦，歷漢唐宋明二千年，若揚、馬，若漢經師，若張、魏，若陳、常、王、李，若子昂、太白、蘇氏、虞、楊及李陽冰、文與可輩，史固不絶書也。

國朝文教昌明，超越古初，經列聖培養以來，涵濡漸被，徧於垓埏。獨四川于岳、楊、張、曾諸公銘勳異域，著績封疆外，曾無一人達於國史，以列諸《儒林》《文苑》者，豈其江漢炳靈，顧至今寂寂也歟？良以蜀當獻賊之亂，孑遺無幾，文獻已蕩如矣，嗣復吴藩煽逆，科舉較遲，而其時隱逸之徵、經學之選、博學鴻詞之科，際其盛者亦最後，僅一許儒龍赴試，而卒不遇，文運舉可知也。乾嘉以降，士氣非不振興，而又以金川、西藏日搆兵戎，教匪鹽梟相繼稔亂，蓬華岩穴之中，復何暇攖大府懷乎？況其地距京師數千里，聲華之盛、汲引之宏，生既不能與齊魯吴越諸行省相埒，比其歿也，塵編蠹簡，幾解收藏；郡縣志乘，率多簡略，又鮮有明於義法者勒之誌傳以表襮而恢奇之。縱揭德振華之士挺起一時，未幾而風徽頓歇，姓字糢糊，在子孫且有不知其祖父之爲何如人者，以故其志莫白，其書莫傳矣。雖然，亦何可一概論哉？夫以蘭臺柱下之藏，猶曰厠名之未易耳，乃蜀中自鄉人李雨村、張雲谷後，未始不留意敬恭，湮没是懼，而其搜軼事、纂遺文，素號爲海内宗工者所輯，如沈歸愚之《别裁集》、王蘭泉之《湖海詩傳》、張南山之《詩人徵略》、李次青之《先正事略》、賀藕耕輩之《經世文編》，於吾蜀究寥寥無幾，觀是則士之飲恨於秋燐蓬顆間者衆矣，有心人其能忍而與之終古也耶？昔湖南王夫之以學使潘太史宗洛而顯，王文簡、阮文達諸公蕩節所至，亦莫不汲汲以徵文考獻爲事，流風未沫，藝苑播爲美譚。今輶軒莅止，下詢及此，斯固二百餘年蜀人士之幽魂靈魄所禱祝以求之者，知《益都耆舊傳》《華陽士女志》有不得專美於前也。走雖不敏，敢竭其愚，爰事據摭，上備甄録。

由國初以迄今，兹得藴真抱樸、篤志儒修者十六人，曰：費密、楊甲仁、唐甄、彭王垣、韓士修、顧汝修、林愈蕃、龔有融、李漱芳、李書、李惺、范泰衡，王達琮、戴琛、顔啓芳、余焕文。詞華秀發、穎類倬群者三十三人，曰：劉道開、李璠、費錫璜、傅作楫、李專、彭端淑、許儒龍、何明禮、李調元、王汝璧、何人鶴、周立矩、張問陶、張懷泩、陳一津、汪仲洋、王懷曾、王劼、楊庚、孫澈、李崧齡、劉碩輔、馮世瀛、華暲、江國霖、孫纘、趙樹吉、王再咸、朱鑒成、秦代馨、李汝南、武謙、陳樹粱。而其可類叙者，亦附見焉。作《四川儒林文苑傳》。

（原載《廣益叢報》第二〇六—二一二期，一九〇九年）